黄玉峰

王召强 ○ 主编

吴春玉 ○ 编

杜甫诗20讲

U0781164

上海科学技术文献出版社
Shanghai Scientific and Technological Literature Press

图书在版编目（CIP）数据

杜甫诗二十讲 / 吴春玉编．—上海：上海科学技术文献
出版社，2021

（中学生整本读经典丛书）

ISBN 978-7-5439-8248-2

Ⅰ．①杜…　Ⅱ．①吴…　Ⅲ．①杜诗—诗集　Ⅳ．
① I222.742

中国版本图书馆 CIP 数据核字（2020）第 260765 号

策划编辑：张　　树
责任编辑：苏密娅
封面设计：留白文化

杜甫诗二十讲
DUFU SHI ERSHI JIANG

黄玉峰　王召强　主编　吴春玉　编
出版发行：上海科学技术文献出版社
地　　址：上海市长乐路 746 号
邮政编码：200040
经　　销：全国新华书店
印　　刷：常熟市人民印刷有限公司
开　　本：720mm×1000mm　1/16
印　　张：10.25
字　　数：161 000
版　　次：2021 年 1 月第 1 版　2021 年 1 月第 1 次印刷
书　　号：ISBN 978-7-5439-8248-2
定　　价：35.00 元
http://www.sstlp.com

目录 ▶▶

第一讲　青年壮志

望岳

岱宗夫如何？齐鲁青未了。

造化钟神秀，阴阳割昏晓。

荡胸生层云，决眦入归鸟。

会当凌绝顶，一览众山小。

▶ **注释**

岱宗：指泰山，亦名岱山或岱岳，五岳之首，在今山东省泰安市城北。古代以泰山为五岳之首，诸山所宗，故又称"岱宗"。

夫（fú）：语气词，无实在意义。

如何：怎么样。

齐鲁：《史记·货殖列传》记载："泰山之阳则鲁，其阴则齐。"古代齐鲁两国以泰山为界，齐国在泰山北，鲁国在泰山南。

青：指苍翠、翠绿的美好山色。

未了：不尽，不断。

造化：大自然。

钟：聚集。

割：分。

眦：眼角。

会当：终当，定要。

诵读点拨

　　《望岳》这首诗大约创作于公元736—740年，这时候的杜甫还是二十几岁的青年。唐玄宗开元二十三年（735），杜甫到洛阳参加科举考试，结果落第而归，第二年，二十四岁的诗人开始北游齐赵（今河南、河北、山东等地），这首诗就是在漫游途中所作。在杜甫之前，赞咏泰山的诗歌并不多，杜甫选择了"望"的角度，将泰山雄伟壮丽的景象描绘出来，也表现了杜甫要登上事业高峰的雄心壮志，全诗

洋溢着蓬勃向上的青春热情。

"岱宗夫如何? 齐鲁青未了。""岱宗"就是泰山,泰山被尊为五岳之首,孔子曾经说"登东山而小鲁,登泰山而小天下"。杜甫对泰山非常仰慕,他一开始就发问:"泰山到底是怎样的呢?""夫"是语气助词,"夫如何"就是"怎么样"的意思。这一句反映出杜甫对泰山强烈的期待。接着,他说"齐鲁青未了"。春秋战国时期,齐鲁两国相邻,泰山的南面是鲁国,泰山的北面是齐国。"青未了"是说泰山青翠的山色绵延不断,从鲁国绵延到齐国,从齐国绵延到鲁国,无边无尽。这一句多么引人想象啊!

"造化钟神秀,阴阳割昏晓。""造化"就是大自然,"钟"是把情感全部倾注其中,"造化钟神秀"是说大自然把天地之间的神奇和秀美都倾注给了泰山,泰山承载着天地的灵气,自然的精华。"钟"字,不仅把大自然写活了,而且也把泰山写活了。"阴阳"是中国传统文化中非常重要的一个符号,在这首诗里,它有着特殊的意义。有这样一句话,叫"山南水北为'阳',山北水南为'阴'",对于山来说,就是山前向着太阳的一面叫"阳",山后背着太阳的一面为"阴"。"阴阳割昏晓"是说泰山的南面和北面就像被分割成了早晨和傍晚一样。这是什么意思呢? 这是在说泰山非常高,正因为它高大,所以将阳光割断,形成了南面光明、北面阴暗的景象。"割"字显得泰山充满了主宰大自然的力量,像是凭空割开两个世界一样。

"荡胸生层云,决眦入归鸟。"这两句是写杜甫爬上一个很高的地方了,层层叠叠的云飘荡在胸前,这是一个神奇的境界。当登山到了一定的高度,如果有云雾缭绕,就好像到了仙境一样,人的内心也会变得豁达。站在这样的高度,杜甫就睁大眼睛,想把眼前的景色看尽。"决"是裂开,"眦"是眼角,他极力地睁眼,眼角都张开了,进入视线的是归巢的飞鸟。而云与鸟蕴含的自由之意,也触动着青年的杜甫。

"会当凌绝顶,一览众山小。"还未到山顶的杜甫心中受到鼓舞,他产生要登到顶峰的想法。"会当"是一定要,"凌"是登上。杜甫一定要登上山顶,在山顶一览众山,发现这些山都无法与泰山相比。这不仅写出泰山的高大与雄伟,更加写出了杜甫的心胸和气魄。以至于这两句成了千古名句,成了不怕困难、勇于攀登的象征。

清代仇兆鳌在《杜诗详注》评价《望岳》说:"诗用四层写意:首联远望之色,次联近望之势,三联细望之景,末联极望之情。上六实叙,下二虚摹。少陵以前,题咏泰山者,有谢灵运、李白之诗,谢诗八句,上半古秀,而下却平浅;李诗有六章,中有佳句,而意多重复。此诗遒劲峭刻,可以俯视二家矣。"在气骨峥嵘、体势雄浑方面,《望岳》可以说是超越谢灵运和李白的咏泰山诗了。

趣读杜甫诗

1. 汉字密码

你来猜一猜,这是《望岳》中的哪个字?

这是诗中的"割"字。"割"的左边表示舌头,后边表示刀,"割"的本义是用刀割舌头,这是古时候的一种酷刑。后来有了"切,切除"的含义。

2. 词语对碰

读一读,对一对。请你为下面的词语对对子吧!

荡胸对( )　　　生对( )　　　云对( )

3. 我问你答

诗中"岱宗夫如何? 齐鲁青未了"中的"岱宗"指的是哪一座山?( )

A. 泰山

B. 黄山

C. 华山

4. 古诗连线

请你把下面的诗句,按照正确的前后顺序用直线连起来吧!

岱宗夫如何　　　　一览众山小

造化钟神秀　　　　决眦入归鸟

荡胸生层云　　　　阴阳割昏晓

会当凌绝顶　　　　齐鲁青未了

5. 飞花令

请你以"小"字为令,补全诗句。

① 小 _____ 。

② 少 小 离 家 老 大 回 。

③ _____ 小 _____ 。

④ 茅 斋 低 小 竹 窗 妍 。

⑤ _____ 小 _____ 。

⑥ 万 树 桃 花 映 小 楼 。

⑦ _____ 小 。

6. 读诗写文

请你和家人进行一次爬山运动吧!爬过之后,写一写你爬山的见闻和感受。

_____

_____

_____

_____

_____

_____

_____

_____

_____

_____

_____

房兵曹胡马

胡马大宛名，锋棱瘦骨成。

竹批双耳峻，风入四蹄轻。

所向无空阔，真堪托死生。

骁腾有如此，万里可横行。

▶ **注释**

兵曹：即兵曹参军，唐代官名，辅佐府管理军事的长官。

胡马：古代泛称北方边地与西域的民族为胡，胡马就是产自该地区的马。

大宛（yuān）：西域国名，以产良马著称。

锋棱（léng）：骨头棱起，好似刀锋。形容骏马骨骼劲挺。

"竹批"句：马的双耳像斜削的竹筒一样竖立着。古人认为这是千里马的标志。批，割，削。

真堪：可以。

骁（xiāo）腾：勇猛快捷。

诵读 点拨

《房兵曹胡马》这首诗大约创作于开元二十八年（740）至开元二十九年（741），当时的杜甫近三十岁，正在漫游齐赵，过着裘马清狂的生活。兵曹是军事门的下层官员。胡马是产自西域的马。这首诗是赞美房兵曹的胡马，属于咏物诗。同时，也借助胡马寄托了杜甫希望横行万里的雄心壮志。

"胡马大宛名，锋棱瘦骨成。"这是在写马的产地和整体的外形。大宛国的马非常出名，而这一匹马恰恰就来自大宛，品种不凡。这匹马怎么样呢？一看外表，马的骨相很好，骨头隆起，像锋棱一样。中国古代有《相马经》，专门告诉人们怎么识别好马，像这样骨相瘦朗劲挺的马就是好马。

"竹批双耳峻，风入四蹄轻。"这一联写马的两处细节，一个是马耳，一个是马蹄。马耳是静态的，"峻"就是像山一样高耸，"竹批"是说像斜削的竹筒那样，挺

拔,精神,有力量。单是这马耳,就使胡马的昂扬气质跃然纸上了。接着写马蹄,马蹄是动态的,很"轻",跑得飞快,这是奔驰之态。而"风入四蹄"别具神韵,骑上这匹马,感觉风呼啸而过,两边的景物也飞速闪过,马却似乎没有动。这样的马,给人以稳健、踏实之感。

"所向无空阔,真堪托死生。"这是写马的性情和品质。它纵横驰骋,没有到不了的地方;它飞奔万里,没有跨越不过的险阻。这样的好马,值得将生命托付给它。读到了这里,我们能够感受到,这首诗不仅仅是在写胡马,还在写人,借助胡马来表明自己的志向。

"骁腾有如此,万里可横行。"最后对胡马做了总结,说一旦拥有这样勇猛精健的好马,就可以驰骋万里。传说中,周穆王驾八马之乘,一日可行万里。"万里可横行"既是希望房兵曹能骑此马建立功业,也包含着杜甫无尽的期望,远大的抱负。马驰骋万里,可以带着人驰骋疆场,开疆拓土。在"宁为百夫长,胜做一书生"的大唐,杜甫也渴望建功立业,致君尧舜。胡马,是青年杜甫远大志向的写照。

在《房兵曹胡马》中,杜甫把咏物和抒情结合在一起。写马也是写人,马的精神就是人的品格,通过对胡马的赞美表达了他的胸襟和抱负。所以,清浦起龙《读杜心解》中说:"此与《画鹰》诗,自是年少气盛之作,都为自己写照。"

趣读杜甫诗

1. 汉字密码

你来猜一猜,这是《房兵曹胡马》中的哪个字?

这是诗中的"马"字。这是一个典型的象形文字,字形就像一匹马,十分逼真,后逐渐演化为现在的"马"字。

2. 词语对碰

读一读,对一对。请你为下面的词语对对子吧!

竹对(　　　　)　　　双耳对(　　　　)　　　峻对(　　　　)

3. 我问你答

请选择下面书写完全正确的一组(   )。

A. 竹批双耳峻,风过四蹄轻

B. 竹批双耳峻,风入四蹄轻

C. 竹切双耳峻,风入四蹄轻

4. 古诗连线

请你把下面的诗句,按照正确的前后顺序用直线连起来吧!

胡马大宛名   真堪托死生

竹批双耳峻   锋棱瘦骨成

所向无空阔   万里可横行

骁腾有如此   风入四蹄轻

5. 飞花令

请你以"轻"字为令,补全诗句。

① 轻 _____。

② 雨 轻 风 色 暴 。

③ _____ 轻 _____。

④ 云 淡 风 轻 近 午 天 。

⑤ _____ 轻 _____。

⑥ 渭 城 朝 雨 浥 轻 尘 。

⑦ _____ 轻 。

6. 诗情画意

请你搜集有关的资料,画一匹威武的马吧。

第二讲　忧虑中原

前出塞九首（其六）

挽弓当挽强，用箭当用长。

射人先射马，擒贼先擒王。

杀人亦有限，列国自有疆。

苟能制侵陵，岂在多杀伤！

▶ 注释

挽：拉。

苟：如果。

侵陵：亦作"侵凌"，侵犯欺凌。

岂：难道。

诵读 点拨

　　《出塞》是乐府旧题，是一种以边塞战斗生活为题材的军歌。杜甫创作了很多《出塞》诗篇，先写的九首称为《前出塞》，后写的五首称为《后出塞》。这些诗作，并不是军歌，而是借古题写时事，意在讽刺当时进行的不义战争。《前出塞》大约创作在天宝十载(751)，这是唐朝在军事上扩张的时期，诗中以征夫的口吻叙述了出征后十多年的军旅战斗生活。这是其中的第六首，也是其中最有名的一首。诗中表达了杜甫对战争并不认同，在这一点上，这首诗远胜其他的边塞诗。

　　"挽弓当挽强，用箭当用长。射人先射马，擒贼先擒王。"这首诗的前四句特别与众不同，它很像战士们之间流行的作战歌谣，像是在议论，节奏明快，很有哲理。所以，有人说它"似谣似谚，最是乐府妙境"，也就是又像歌谣，又像谚语，最像乐府诗的意境。这里所说的挽弓、用剑、射马、擒贼都是行军作战中的典型事件，贴合实际，通俗易懂。两个"当"字和两个"先"字表明了杜甫的立场。拉弓就要拉最坚硬的弓，射箭就要射最长的箭。射人先要射对方骑的马，擒贼先要擒住他们的首领。这是表明作战取胜应该用最有效的办法，"擒贼先擒王"成了高度概括的名句,也是保全将士最有效的方式。因为抓到了敌军的首领,首领投降,自然兵不血刃就解决问题了。然而,从整首诗来看,杜甫最想表达的还在下面。

"杀人亦有限,列国自有疆。苟能制侵陵,岂在多杀伤!"抓到敌军的首领,就可以避免滥杀无辜。《孙子兵法·谋攻篇》:"凡用兵之法,全国为上,破国次之;全军为上,破军次之;全旅为上,破旅次之;全卒为上,破卒次之;全伍为上,破伍次之。是故百战百胜,非善之善者也;不战而屈人之兵,善之善者也。"百战百胜,并不是最高明的;在攻城之前,先让敌人无力抵抗,才是高明之中最高明的。在杜甫看来,将士们守卫边疆,是为了守边,并不是为了杀伐,应该尊重各国的疆界,只要能阻止外来的侵略,又何必大量杀伤呢?杜甫是从广大人民的角度出发,兵强可以卫国,不是为了扩张,这样的思想是难能可贵的。

这首诗在构思上采用了先扬后抑的艺术手法。前四句先说怎样练兵,怎样取胜,后四句却说怎样克制用兵,避免滥杀。在奔腾的气势之中,以论取胜,正所谓"深悉人情,兼明大义"也。

趣读杜甫诗

1. 汉字密码

你来猜一猜,这是《前出塞九首(其六)》中的哪个字?

这是诗中的"贼"字。右上角是"戈",表示武器;左边是"刀",也是武器;中间的是"贝",表示财物。本义是"破坏",后来把"小偷""窃取他人财物者"叫"贼"。

2. 词语对碰

读一读,对一对。请你为下面的词语对对子吧!

挽弓对(　　　　)　　　　射人对(　　　　)　　　　亦对(　　　　)

3. 我问你答

请选择下面书写完全正确的一组(　　　　)。

A. 挽弓当挽强,用剑当用长

B. 挽弓当挽强，用箭当用长

C. 拉弓当拉强，用箭当用长

4. 古诗连线

请你把下面的诗句，按照正确的前后顺序用直线连起来吧！

挽弓当挽强　　　列国自有疆

射人先射马　　　用箭当用长

杀人亦有限　　　岂在多杀伤

苟能制侵陵　　　擒贼先擒王

5. 飞花令

请你以"国"字为令，补全诗句。

① 国 _____。

② 三 国 周 郎 赤 壁。

③ _____ 国 _____。

④ 尚 思 为 国 戍 轮 台。

⑤ _____ 国 _____。

⑥ 商 女 不 知 亡 国 恨。

⑦ _____ 国。

6. 读诗写文

和平是人类共同的心愿，请你和同学一起，设计一次"呼吁和平"主题小报吧！一起做一名和平小使者。

后出塞五首(其二)

朝进东门营，暮上河阳桥。

落日照大旗，马鸣风萧萧。

平沙列万幕，部伍各见招。

中天悬明月，令严夜寂寥。

悲笳数声动，壮士惨不骄。

借问大将谁? 恐是霍嫖姚。

▶ 注释

东门营:洛阳城军营在东门,故曰"东门营"。由洛阳往蓟门,须出东门。这句点明征兵的地方。

河阳桥:在河南孟津县,是黄河上的浮桥,晋代杜预所造,是通河北的要津。

幕:帐幕。

霍嫖姚:指西汉大将霍去病,霍去病曾以"嫖姚校尉"一战成名。

诵读 点拨

《后出塞五首》大约创作于唐玄宗天宝十四载(755)的冬天,这时候是安禄山叛乱之初。这组诗写的是一位军士从应募赴军到只身脱逃的经历,通过一个人的遭遇深刻反映了安史之乱"酿乱期"的历史真实。杜甫希望通过士兵的自述,揭露安禄山的反唐真相,以此警醒唐玄宗。其中的第一首描写的是满怀立功希望的军士应募及辞家的情况;第二首写的是去蓟门的路上遇到的事情;第三首是到蓟门军中之后引起的反感;第四首则揭露了蓟门主将的骄横,反映出安禄山"位高气骄""长驱河洛"的发展过程;第五首则写军士脱身的经过。上面选取的这一首是其中的第二首。

"朝进东门营,暮上河阳桥。"东汉时期,洛阳城共有十二个城门。东面有三个门,靠北的叫"上东门"。这里的"东门营"借汉说唐,指的是洛阳的军营。新兵入伍的时候,先进上东门外的军营,接着就上了河阳桥。河阳桥在河南孟津县,

是黄河上的浮桥。这座桥还是杜甫的先祖——晋代的杜预所造的,是通往蓟门的要津。从"东门营"到"河阳桥"有很长的距离,但是却说"朝进""暮上",似乎感觉很快就到了。其实,这是乐府中常用的手法,是"朝""暮"相对的句法。这里用时间的更替表现行军的节奏,营造了紧张的氛围。

"落日照大旗,马鸣风萧萧。"这两句是历来传诵的千古名句,前一句从色彩来映衬,后一句用声音来渲染,描绘出一个雄浑苍凉、声情悲壮的鲜明画面。"落日"承接上一句中的"暮"而来,带有一种落寞与孤寂之感,"落"字的动态感又增强了一分力量。"照"将落日的红色写得极具张力。"大旗"是大将所用的红旗。《通典》卷一百四十八种说:"陈(阵)将门旗,各任所色,不得以红,恐乱大将。"在军营中,除了大将可以使用红旗,其他的人是不能用的。所以,"落日"之红,与"大旗"之红互相映衬,色彩极为鲜明,也表现出军士内心的激动之情。"马鸣"是行军中战马的嘶鸣,又与"风萧萧"混杂在一起,让人一下子有到了边塞的感受,一种悲壮之情悠然而起。

"平沙列万幕,部伍各见招。"已经到了晚上,军队也需要休息。这时候,广阔无边的沙原之中整齐地排列着许许多多的帐幕。因为要宿营了,各部各队的士兵都被召集起来。"列"字可以看出队伍是井然有序的,将士们军容整肃,住进了营帐里。"万"表现帐幕之多,军士之多,而如此多的士兵,并不杂乱,也反映出军令之严。

"中天悬明月,令严夜寂寥。"夜深人静,没有任何响动,只有一轮明月高悬中天。"月"的意象也常常出现在军旅诗中,比如最著名的"秦时明月汉时关,万里长征人未还",用月的永恒表现生命的短暂;"撩乱边愁听不尽,高高秋月照长城",借助月亮表现思乡之情。而本诗中的"明月"反映出夜的静,夜的寂寞。为什么会这么静,静得让人寂寞呢?是因为"令严",军令严酷,无人敢犯,所以万幕无声,只能望着明月当空。

"悲笳数声动,壮士惨不骄。""笳"是古代军中的号角,它的声音非常悲壮,所以叫"悲笳"。而"悲"字也暗合军士心中之悲。整个军营寂静无声,偶尔响起几声悲凉的胡笳,将士们不由得心头惨然,再也没有了刚入伍的骄矜之气。这里也表现出军士情感的转变:由刚入伍时的豪气转向了悲凉。

"借问大将谁?恐是霍嫖姚。"军士不由得去猜想,这么整肃森严的队伍,是由哪位大将率领的呢?恐怕是和嫖姚校尉霍去病一样的人物吧!这里的"嫖姚"

指的西汉大将霍去病。霍去病曾经出击西匈奴,斩获四万人,西部匈奴从此绝迹。又打败东匈奴,斩获七万余人。这里既表现了军士对军营生活的新奇,他赞美主将的英勇,但是"恐"字也暗含了对主将开拓疆土的批判。

诗中的主人公正是唐朝募兵制下一个应募兵的典型形象,而诗中的主将也暗指安禄山在反叛之前为了以边功邀宠,不断在边境作战的情况。

趣读杜甫诗

1. 汉字密码

你来猜一猜,这是《后出塞九首(其二)》中的哪个字?

这是诗中的"伍"字。左边的单人旁表示士兵,右边的就是"五"了。古代军队编制的时候,将五名士兵分为一组,叫"伍"。

2. 词语对碰

读一读,对一对。请你为下面的词语对对子吧!

朝对(　　　)　　　落日对(　　　　　)　　　风萧萧对(　　　　　)

3. 我问你答

诗中"借问大将谁？恐是霍嫖姚"中的"霍嫖姚"指的是谁？(　　　)

A. 霍去病

B. 霍光

C. 霍元甲

4. 古诗连线

请你把下面的诗句,按照正确的前后顺序用直线连起来吧!

朝进东门营　　　　壮士惨不骄

落日照大旗　　　　暮上河阳桥

悲笳数声动　　　　马鸣风萧萧

借问大将谁　　　　恐是霍嫖姚

5. 飞花令

请你以"马"字为令,补全诗句。

① 马 _____。

② 宝 马 雕 车 香 满 路 。

③ _____ 马 _____ 。

④ 江 州 司 马 青 衫 湿 。

⑤ _____ 马 ____ 。

⑥ 浅 草 才 能 没 马 蹄 。

⑦ _____ 马 。

6. 诗情画意

请你根据诗中"落日照大旗"的意境作一幅画吧。

第三讲　被俘长安

月夜

今夜鄜州月，闺中只独看。

遥怜小儿女，未解忆长安。

香雾云鬟湿，清辉玉臂寒。

何时倚虚幌，双照泪痕干。

鄜州：今陕西富县。当时杜甫的家人在鄜州的羌村，杜甫在长安。

闺中：妇女所居住的内室，亦用以指妻子。

未解：尚不懂得。

云鬟：古代妇女的环形发饰。

虚幌：透明的窗帷。幌，帷幔，窗帘。

诵读点拨

《月夜》创作的时间是在天宝十五载（756），这年春天，安禄山由洛阳攻进潼关。五月，杜甫带着妻儿从奉先移家到潼关以北的白水（今陕西白水县）的舅父处。六月，长安陷落，唐玄宗逃向蜀地，安禄山带领的叛军进入了白水，杜甫不得不携家逃往鄜州的羌村。七月，肃宗在灵武（今宁夏灵武县）即位，杜甫知道后就从鄜州只身奔向灵武，投奔唐肃宗。不料途中被安史叛军俘虏，押回到沦陷的长安。八月，杜甫被囚禁在长安，他望月思家，创作了这首诗。

"今夜鄜州月，闺中只独看。"这首诗的主题是"月夜"，杜甫看到的应该是长安的月亮。而诗的开篇却说"鄜州月"，是谁在看鄜州的月亮呢？是杜甫的家人，确切一点儿说，是他的妻子。"闺中"是指妇女的内室，这里表示杜甫的妻子。"只独看"是杜甫的妻子独自在看。这两句诗的视角非常独特，杜甫不写自己看长安月，却写妻子看鄜州月，可见杜甫是在思念妻子。而妻子看月，也是在担心

自己。其中的"独"字更反映出两人内心的孤独之感。

"遥怜小儿女,未解忆长安。"杜甫自己被困在长安,是独身一人。可是他的妻子在家里,家里还有孩子,怎么能说"闺中只独看"呢?这两句给了我们答案,"遥怜小儿女",杜甫离家的距离很远,非常担心家里,"遥"不仅仅表示空间上的距离,更能反映出诗人浓重的牵挂。"小儿女"在家中,但是因为还"小",还不懂事,不了解战乱带来的伤害,不懂得家人离散的痛苦,所以"未解忆长安",他们还不知道母亲在思念父亲。这是天真、可爱的孩子。这里用小孩子不懂"忆"来反衬妻子的"忆",与上面的"独"做了呼应。

"香雾云鬟湿,清辉玉臂寒。"这是近距离对妻子独看鄜州月形象的描绘,表达了杜甫对妻子的温情。雾本来是没有味道的,不香的,这里却说"香雾",这是嗅觉的感受。当然,这香来自妻子的头发。正因为看月的时间太久,导致雾气打湿了头发,所以又有"云鬟湿",这是触觉的感受。接着杜甫从上往下来写,"清辉"是月亮的光辉,月光洒在妻子的脸上、身上、胳膊上,营造了纯净的画面。"玉臂"是妻子的胳膊。"寒"这一触觉给人丰富的想象,可能是月光的寒,也可能是玉臂的寒。这是杜甫想象中的情景,在细致的描写中,我们能感受到杜甫对妻子深刻的思念。

"何时倚虚幌,双照泪痕干?"既然如此思念,那什么时候才能见面啊?杜甫也在问自己,但是他问得比较委婉,他说,什么时候才能肩并肩一起坐在窗帷前,一起赏月,让月光把我们的相思之泪照干呢?"双照"是让月光同时照着自己与妻子,那时的"双照"与现在的"独看"是形成对比的。"双照泪痕干"折射出丰富的信息:"双照"尚且有泪,"独看"必定也有泪,但是诗中却不明说;"双照"能叫"泪痕干",可见共看明月时间之长,时间越长,表现出的不舍越深;让泪痕被"照""干"而不是擦干,是让情感得到释放。

杜甫一生漂泊,所以经常会思念家人、思念朋友,也留下了许许多多著名的诗作。但是,像这首这样直接表现对妻子的思念之作却是很少的,甚至在所有唐诗中都是为数不多的。而杜甫写这首诗时,却是在人生非常危难的时刻。在这首诗中,杜甫借助动人的想象,抒写了妻子对自己的思念,也写出自己对妻子的思念。全诗构思新奇,情真意切,非常动人。

趣读杜甫诗

1. 汉字密码

你来猜一猜,这是《月夜》中的哪个字?

这是诗中的"解"字。在甲骨文字形中,像屠夫的双手从牛的头上剖取牛角,上面的两点,表示血滴。取牛角,是剖牛过程中技术最复杂、最具代表性的步骤,因此用取牛角代表剖牛。"解"字有剖析、分开、松开、除去等含义。诗中的"解"是"理解"的意思。

2. 词语对碰

读一读,对一对。请你为下面的词语对对子吧!

香雾对(　　　　)　　　云鬟对(　　　　)　　　小儿女对(　　　　)

3. 我问你答

诗中"遥怜小儿女,未解忆长安"的"小儿女"当时身处何地?(　　　)

A. 长安

B. 鄜州

C. 洛阳

4. 古诗连线

请你把下面的诗句,按照正确的前后顺序用直线连起来吧!

今夜鄜州月　　　　双照泪痕干

遥怜小儿女　　　　闺中只独看

香雾云鬟湿　　　　未解忆长安

何时倚虚幌　　　　清辉玉臂寒

5. 飞花令

请你以"玉"字为令,补全诗句。

① 玉 ＿＿＿＿＿＿＿＿＿＿＿。

② 碧 玉 妆 成 一 树 高 。

③ _____ 玉 _____ 。

④ 钟 鼓 馔 玉 不 足 贵 。

⑤ _____ 玉 _____ 。

⑥ 一 片 冰 心 在 玉 壶 。

⑦ _____ 玉 。

6. 读诗写文

杜甫这一夜看到了什么？想到了什么？请你结合本诗,替杜甫写一篇日记吧！

_____

_____

_____

_____

_____

_____

_____

_____

_____

_____

_____

_____

_____

_____

春望

国破山河在，城春草木深。

感时花溅泪，恨别鸟惊心。

烽火连三月，家书抵万金。

白头搔更短，浑欲不胜簪。

▶ 注释

国：国都，京城，指长安（今陕西西安）。

破：陷落。

感时：为国家的时局而感伤。

烽火：古时边防报警的烟火，这里指安史之乱的战火。

搔：用手指轻轻地抓。

浑：简直。

胜：能承担，能承受。

簪：一种束发的首饰。古代男女用来绾住发髻或把帽子别在头发上的一种针形首饰。

诵读点拨

唐肃宗至德二年(757)春，杜甫目睹长安城一片萧条零落的景象，百感交集，写下了这首传诵千古的名作。

"国破山河在，城春草木深。"这里的"国"指的是国都长安，"破"是指破亡。国都已经沦陷了，而山河仍是旧日的山河。这一句以国家的变故和山河的永恒形成了对比，为全诗奠定了凄凉的基调。"城"是长安城，长安城的春天，要是在以往是一片繁华的景象。杜甫的《丽人行》中说"三月三日天气新，长安水边多丽人。"那是杨氏兄妹在曲江春游的情景，可是这样的繁华已经远去了，只剩下战乱后荒芜的杂草，残破的城池。"城春"本来是草木生长、景色迷人的时节，可是，因为"国破"，所有春天该有的光彩都荡然无存，杜甫在这个春天，看到的是满目凄

凉,心中自然是无限悲痛。

　　"感时花溅泪,恨别鸟惊心。"杜甫心中的悲痛赋予了花和鸟,让本来没有情感的花和鸟也具有了杜甫的情感,这就是寓情于景。"感时"是因当时国家战乱的时局而伤感,这种伤感感染到花的身上,让无情的花也因为国家的衰败而流泪。春天本是百花盛开的时节,杜甫所写的偏偏是"花溅泪",其苦闷伤怀之情可想而知。正是因为国家时局不安,所以杜甫和家人才不能团圆。他受困长安,与家人分别,内心充满了惆怅和怨恨。他甚至听到鸟鸣都心惊胆战。原本鸟语花香的春天,在杜甫看来,都是充满伤痛的。这两句借景抒情,移情于景,把杜甫忧伤国事、思念家人的感情表现了出来。

　　"烽火连三月,家书抵万金。"说到"恨别"便想到与家人联系,家书便引了出来。但是,战火纷飞,整整一个春天都没有结束。就连皇帝唐玄宗都被迫逃亡蜀地,太子李亨,也就是唐肃宗刚刚继位,什么时候平息叛乱还不知道,这战争还要持续多久啊? 杜甫被困长安,越是战乱,他越是担心家人的安危,这时候,哪怕一封书信也是一种安慰啊! 可是,这一年的正月,平定叛乱的李光弼和叛将史思明在太原作战,郭子仪从鄜州进军河东,叛将安守忠从长安向武功出兵,长安、鄜州都卷入了战事,自然是一封书信也难以送达。"家书抵万金",这里有多少盼望,又有多少无奈啊。战乱时亲人平安的消息比一切都珍贵。这两句将杜甫个人的感受,提炼成所有人的共同想法,成了人们在离乱中盼望一封家书的经典诗句。

　　"白头搔更短,浑欲不胜簪。"杜甫悲痛到了极点,焦虑到了极点,他搔首徘徊。"白头搔更短"是说他由于奔波使头发更加稀疏,一挠头发,顿时觉得稀少许多,连发簪也承受不住了。杜甫写到自己的衰老,使人感到他内心极大的痛苦和愁怨,让人不由去联想,这个"国破"的春天,近五十岁的杜甫该是怎样落魄与悲痛啊!

　　这样的春天无疑是悲惨的,这首诗由开篇描绘国都长安的春色,到春花泪流,鸟鸣惊心;再写战事持续很久,家信全无;最后写到自己的愁极而衰老,环环相生,层层递进,创造了一个能够引发人们共鸣、深思的境界。全诗表现了在战乱的时代背景下所生成的悲痛感受,难怪宋代的方回在《瀛奎律髓》中说:"此第一等好诗。想天宝、至德以至大历之乱,不忍读也。"

趣读杜甫诗

1. 汉字密码

　　你来猜一猜,这是《春望》中的哪个字?

　　这是诗中的"城"字。在金文字形中,左边表示环绕着的护城墙,右边表示拿着大刀站在城上,用武力保护。"城"的本义是配备武装、用以围护都邑的郭墙。比如"城堡""城池"。

2. 词语对碰

　　读一读,对一对。请你为下面的词语对对子吧!

　　山河对(　　　　)　　　三月对(　　　　)　　　花溅泪对(　　　　　)

3. 我问你答

　　请选择下面书写有错的一项是(　　　)。

　　A. 国破山河在,城春花木深。

　　B. 感时花溅泪,恨别鸟惊心。

　　C. 风火连三月,家书抵万金。

4. 古诗连线

　　请你把下面的诗句,按照正确的前后顺序用直线连起来吧!

国破山河在	家书抵万金
感时花溅泪	城春草木深
烽火连三月	浑欲不胜簪
白头搔更短	恨别鸟惊心

5. 飞花令

　　请你以"家"字为令,补全诗句。

　　① 家 ＿＿＿＿＿＿＿＿＿＿＿＿。

　　② 谁 家 新 燕 啄 春 泥 。

③ _____ 家 _____ 。

④ 借 问 酒 家 何 处 有 。

⑤ _____ 家 _____ 。

⑥ 黄 梅 时 节 家 家 雨 。

⑦ _____ 家 。

6. 诗情画意

请你根据诗中"感时花溅泪，恨别鸟惊心"的意境作一幅画吧。

第四讲　战乱悲歌

哀江头

少陵野老吞声哭，春日潜行曲江曲。

江头宫殿锁千门，细柳新蒲为谁绿？

忆昔霓旌下南苑，苑中万物生颜色。

昭阳殿里第一人，同辇随君侍君侧。

辇前才人带弓箭，白马嚼啮黄金勒。

翻身向天仰射云，一笑正坠双飞翼。

明眸皓齿今何在？血污游魂归不得。

清渭东流剑阁深，去住彼此无消息。

人生有情泪沾臆，江水江花岂终极！

黄昏胡骑尘满城，欲往城南望城北。

▶ **注释**

少陵：杜甫曾在少陵附近居住过，故自称"少陵野老"。

霓旌：云霓般的彩旗，指天子之旗。

南苑：指曲江东南的芙蓉苑。因在曲江之南，故称。

辇：皇帝乘坐的车子。

才人：宫中的女官。

嚼啮：咬。

诵读点拨

　　《哀江头》创作于唐肃宗至德二年（757）的春天，当时杜甫还在沦陷了的长安。有一天，他偷偷来到长安城东南的曲江，看到江边的宫殿千门锁闭，江边的柳丝迎春再绿，不禁触景伤怀，感慨万千，心中非常哀伤，所以叫"哀江头"。这首诗一共二十句，前四句写的是眼前所见的曲江之景，第五到第十二句写的是安史之乱之前曲江春日的繁华，剩下八句写的是杜甫沉重的感慨。

　　"少陵野老吞声哭,春日潜行曲江曲。""少陵野老"就是杜甫自己,这首诗一开篇,就把自己写了出来,而且,还是以一个悲伤而哭的姿态出现的。"吞声哭"是不敢哭出声音。连哭都不敢出声,这是非常压抑的。"潜行"是秘密地行走,不让人知道。杜甫是被叛军押回到长安的,此时长安已经陷落,他悄悄来到曲江边,触景感怀,非常痛心。在大唐盛世的时候,每到春天,曲江边游人如织,达官贵人、平民百姓,都会来到曲江集会,十分热闹。这个春天,杜甫看到的是却满目苍凉。

　　"江头宫殿锁千门,细柳新蒲为谁绿?"曲江的江边有很多宫殿,也有很多帐幕,但是宫殿里都没有人了,所有的大门都被锁上了。人都去哪里了呢?安禄山攻陷了长安,唐玄宗和杨贵妃逃往四川,杨贵妃在马嵬坡被缢死,长安沦落到叛军的手中。这是国家的变故,人事全非,没有人再来曲江游览了。那江边的细柳,水边的芦苇,在春日里焕发着生机,它们还为谁而绿呢?这大自然的不变与人事的无常形成了鲜明的对比,杜甫的心中又浮现出往日的繁华。

　　"忆昔霓旌下南苑,苑中万物生颜色。""忆昔"就是回忆往昔,这两个字将思路转向了往日的繁华。"霓旌"就是云霓般的彩旗,是天子之旗。"南苑"是曲江一带的芙蓉苑。这里是说,回忆往日,唐玄宗喜欢到曲江来游览,他经过的地方,旌旗招展,热闹非凡,就连那些杨柳、花草都显得格外精神。那跟随唐玄宗一起出游的都是哪些人呢?

　　"昭阳殿里第一人,同辇随君侍君侧。""昭阳殿"是汉成帝的宫殿,唐诗当中,往往假借汉朝来说唐朝。这句中的"第一人"就是最得唐玄宗喜爱的杨贵妃。杨贵妃和唐玄宗一起,乘坐皇帝的车驾。唐玄宗去哪里,杨贵妃就在哪里,他们形影相伴,永不分离。

　　"辇前才人带弓箭,白马嚼啮黄金勒。""才人"就是宫中的女官。她们跟着皇帝出游,骑着以黄金为嚼口笼头的白马,射猎飞禽和小兔。连女官都是"白马嚼啮黄金勒",如此豪华的装束,那么唐玄宗和杨贵妃就更不用说了。

　　"翻身向天仰射云,一笑正坠双飞翼。"这是在写射猎的场面。"翻身向天"写动作灵敏,身手矫捷。要干什么呢?"仰射云",就是仰面去射飞在云中的鸟。这样的姿态非常潇洒!这样的技术也非常高超!"一笑"是博得杨贵妃的一笑。

"正坠双飞翼"是说射出去的箭正好一箭双雕。这是皇帝贵妃出游极端热闹的场景,然而,"一笑正坠双飞翼"也把对往日繁华的回忆拉回到了现实,正在下坠的不仅仅代表双飞的鸟儿,因为"双飞翼"还比喻夫妻,所以还暗含着唐玄宗和杨贵妃面对国破人亡的命运。

"明眸皓齿今何在?血污游魂归不得。"刚刚还是"一笑"的美好回忆,现在却是贵妃已亡的现实。"明眸皓齿"是指杨贵妃美丽的眼睛、洁白的牙齿,因为一笑的时候,眼睛很明亮,牙齿也会显露,当然,这也可以指美丽的容颜。这样美的容颜,现在在哪里呢?其实,在唐玄宗出逃,行到马嵬坡的时候,发生了兵变。将士不再前进了,他们认为杨贵妃是红颜祸水,正是唐玄宗宠信杨贵妃和她的哥哥杨国忠,才导致安禄山发动叛乱,因此让唐玄宗赐死杨贵妃。于是,杨贵妃被缢死,杨国忠被斩首。所以,杜甫说"血污游魂归不得",杨贵妃死得那么惨,她的游魂再也回不来了。

"清渭东流剑阁深,去住彼此无消息。""清渭"就是渭水,渭水是清澈的,所以叫"清渭"。在这里,"清渭"也可以指长安,因为渭水就在长安附近。"剑阁"是在四川,在唐玄宗出逃的地方。这两句诗具有多重的含义。可以理解为唐玄宗和杨贵妃之间再也不能见面,因为古代的"去"是指死去的人,"住"是指活着的人。经历了生离死别,再也无法收到对方音信了。还可以理解为杜甫对唐玄宗的消息完全不清楚,因为杜甫在沦陷了的长安,在"清渭",唐玄宗在剑阁,在四川,这样"去"就是指唐玄宗,"住"就是指杜甫自己。不管怎样,都是残酷的现实。

"人生有情泪沾臆,江水江花岂终极!"面对着国家惨痛的变故,杜甫都忍不住落泪,可是,这江水、这江花依旧年年如此。当年大唐繁华时,江水流,江花开;如今国家破亡时,江水依旧流,江花肆意开。杜甫看到这些,就会去回忆,就会流泪。他的悲伤就像这江水江花一样,没有尽头。

"黄昏胡骑尘满城,欲往城南望城北。"就这样,杜甫在曲江呆到了黄昏才回去,一进长安城,他就看到骑马的叛军在城中横冲直撞,卷起满天飞尘。他的心都碎了。他想去城南,却又望着城北,只给我们留下一个沧桑的背影。

趣读杜甫诗

1. 汉字密码

你来猜一猜,这是《哀江头》中的哪个字?

这是诗中的"哭"字。甲骨文字形中,"哭"字表示向苍天高举两手的人,表示不停地高声呼喊,这个人在向苍天申冤或求助。值得注意的是,在古时候,动物高声呼叫为"号";呼天抢地为"哭";声泪俱下为"涕";无声落泪为"泣"。

2. 词语对碰

读一读,对一对。请你为下面的词语对对子吧!

千门对(　　　　)　　　白马对(　　　　)　　　黄金勒对(　　　　)

3. 我问你答

诗中"昭阳殿里第一人,同辇随君侍君侧"中的"第一人"指的是谁?(　　　)

A. 唐玄宗

B. 杨贵妃

C. 赵飞燕

4. 古诗连线

请你把下面的诗句,按照正确的前后顺序用直线连起来吧!

少陵野老吞声哭　　　　　　一笑正坠双飞翼

翻身向天仰射云　　　　　　血污游魂归不得

明眸皓齿今何在　　　　　　春日潜行曲江曲

清渭东流剑阁深　　　　　　去住彼此无消息

5. 飞花令

请你以"东"字为令,补全诗句。

① 东 _____。

② 江 东 子 弟 多 才 俊 。

③ _____ 东 _____ 。

④ 最 爱 湖 东 行 不 足 。

⑤ _____ 东 _____ 。

⑥ 小 楼 昨 夜 又 东 风 。

⑦ _____ 东 。

6. 读诗写文

请你观察一下生长在河边的柳树,写一篇描写柳的文章吧!

_____

_____

_____

_____

_____

_____

_____

_____

_____

_____

_____

_____

_____

_____

羌村三首(其三)

群鸡正乱叫，客至鸡斗争。

驱鸡上树木，始闻叩柴荆。

父老四五人，问我久远行。

手中各有携，倾榼浊复清。

苦辞酒味薄，黍地无人耕。

兵革既未息，儿童尽东征。

请为父老歌，艰难愧深情。

歌罢仰天叹，四座泪纵横。

注释

斗争：争斗；搏斗。

驱鸡上树木：养鸡之法，今古不同，南北亦异。《诗经》说"鸡栖于埘"，汉乐府却说"鸡鸣高树颠"，又似栖于树。石声汉《齐民要术今释》谓"黄河流域养鸡"，到唐代还一直有让它们栖息在树上的，所以杜甫诗中还有"驱鸡上树木"的句子。按杜甫《湖城东遇孟云卿复归刘颢宅宿宴饮散因为醉歌》末云"庭树鸡鸣泪如线"。湖城在潼关附近，属黄河流域，诗作于将晓时，而云"庭树鸡鸣"，尤足为证。驱鸡上树，等于赶鸡回窝，自然就安静下来。

柴荆：柴门，也有用荆柴、荆扉的。

问：慰问，问候。

榼(kē)：盛酒或贮水的器具。

兵革：指战争。

诵读点拨

唐肃宗至德二载(757)五月，刚任左拾遗不久的杜甫因上书援救被罢相的房琯，触怒了唐肃宗，差点被砍掉脑袋。从此唐肃宗便很讨厌杜甫，八月时，便命他离开凤翔。杜甫从凤翔回鄜州羌村(在今陕西富县南)探望家人。当时兵荒马乱，杜甫非常焦虑。终于，经历了艰难险阻，杜甫与家人团聚了。他感慨万千，写下了著名的组诗《羌村三首》。《羌村三首》构成了杜甫的"还乡三部曲"，也构成了一幅"唐代乱离图"。这是其中的第三首，诗中叙述了邻居们携酒慰问杜甫和杜甫致谢的情景，反映出"安史之乱"给百姓生活带来的负面影响。

"群鸡正乱叫，客至鸡斗争。驱鸡上树木，始闻叩柴荆。"诗的一开篇就展示了浓郁的乡村图景。杜甫这时候已经回到了羌村，他的家门口到处都是鸡，这些鸡在乱叫，甚至有的还在争斗。有客人来了，鸡被赶上树，杜甫听到鸡叫，出门来看，把乱叫的鸡群赶走，才听到敲门声。所以，这四句也是在交代客人的到来。再往深一层理解，群鸡的争斗乱叫也暗示着当时社会的动荡纷乱。

"父老四五人，问我久远行。手中各有携，倾榼浊复清。"这四句是写父老的深情问候。"父老"也说明了留在家里的都是年老之人，因为战乱，年轻人都去充军了。四五位父老，热情地来问候杜甫。"问"在这里是因为关切而询问的含义，杜甫那么长时间离家远行，都经历了什么事？过得好不好？何况还是在战乱不安的年代，这份询问就增添了沧桑。父老们没有空手来，而是带着酒，非常淳朴，非常热情。"榼"是一种酒器，从酒器中倾倒出来的酒，有的是浊酒，有的是清酒。尽管这些酒不太一样，但都是自己酿的，体现了父老乡亲对杜甫的深情厚谊。

"苦辞酒味薄，黍地无人耕。兵革既未息，儿童尽东征。"这是父老们对杜甫说的话，因为他们拿的都不是好酒，所以表示歉意。"苦辞"就是再三地说，反复地说。他们反复说，这些酒味劣薄，因为"黍地无人耕"。"黍"是黄米，也是酿酒的原料。由于战乱，黍地都没有人耕种。"兵革"也可以写作"兵戈"，指的是战争。战争还没有平息，年轻的儿郎都去东方打仗了。这里的"儿童"也作"儿郎"。这四句话反映出战乱给百姓带来的危害。通过很平常的乡村之"酒"，折射出了"安史之乱"的大事件。

"请为父老歌，艰难愧深情。歌罢仰天叹，四座泪纵横。"最后四句写杜甫对父老的感激。他为父老们作歌，说在这么艰难的条件下，对自己的情谊太深厚了，这让自己感到很惭愧。杜甫无法为父老做什么，亦未能为国家做什么，所以他对父老不但心存感激，而且感到惭愧。诗成之后，他仰天长叹，这一声长叹里，包含着自己的无奈和痛楚，也包含着对国事家事的沉痛忧虑。四座乡邻深受感

染，都流下了伤心的眼泪。

《羌村三首》是整体性很强的诗作，与杜甫的"三吏""三别"等代表作一样，具有典型意义。虽然组诗讲的只是杜甫乱后回乡的个人经历，但是真实地再现了唐代"安史之乱"后的部分社会现实。

趣读杜甫诗

1. 汉字密码

你来猜一猜，这是《羌村三首（其三）》中的哪个字？

这是诗中的"驱"字。"驱"字本义为奔驰、疾行，亦有赶马之意。后引申为驱逐、迫使等义。

2. 词语对碰

读一读，对一对。请你为下面的词语对对子吧！

手中对（　　　　） 　　东征对（　　　　） 　　仰天叹对（　　　　　）

3. 我问你答

诗中"兵革既未息，儿童（　　　）东征"填入什么字最为恰当中？（　　　　）

A. 亦

B. 尽

C. 俱

4. 古诗连线

请你把下面的诗句，按照正确的前后顺序用直线连起来吧！

驱鸡上树木　　　　　倾榼浊复清

手中各有携　　　　　黍地无人耕

苦辞酒味薄　　　　　始闻叩柴荆

歌罢仰天叹　　　　　四座泪纵横

5. 飞花令

请你以"泪"字为令,补全诗句。

① 泪 _____。

② 雨 泪 下 孤 舟 。

③ _____ 泪 _____。

④ 一 吟 双 泪 流 。

⑤ _____ 泪 ____。

⑥ 还 君 明 珠 双 泪 垂 。

⑦ _____ 泪 。

6. 读诗写文

请你根据"父老四五人,问我久远行。手中各有携,倾榼浊复清。苦辞酒味薄,黍地无人耕。兵革既未息,儿童尽东征"描绘的场景,发挥想象,以对话的形式,写一写父老与杜甫之间都说了什么。

_____

_____

_____

_____

_____

_____

_____

_____

_____

_____

第五讲　长安收复

春宿左省

花隐掖垣暮，啾啾栖鸟过。

星临万户动，月傍九霄多。

不寝听金钥，因风想玉珂。

明朝有封事，数问夜如何。

▶ **注释**

宿：指值夜。左省：即左拾遗所属的门下省，和中书省同为掌机要的中央政府机构，因在殿庑之东，故称"左省"，也叫"左掖"。

掖垣：门下省和中书省位于宫墙的两边，像人的两腋，所以叫"掖垣"。

临：居高临下。

九霄：在此指高耸入云的宫殿。

金钥：指开宫门的钥匙声。

玉珂：马络头上的装饰物，多为玉制，也有贝制。振动时有声音。又借指高官显贵。

封事：臣下上书奏事，为防泄漏，用黑色袋子密封，叫做"封事"。

诵读点拨

　　至德二载(757)九月，唐朝军队收复了被安史叛军所控制的京师长安。十月，唐肃宗从凤翔回到长安，杜甫也从鄜州来到了长安，他还是任左拾遗的官职。这时候他非常高兴，做事情也很勤勉。这首诗作于乾元元年(758)的春天，诗题的意思就是春天的夜晚，在左省值夜。左省就是门下省，唐朝最高的部院机关是"三省"，即：尚书省、中书省和门下省。尚书省被称作"右省"。这首诗写的是杜甫在上封事前在门下省值夜时的心情，表现了杜甫居官勤勉，尽职尽忠，一心为国的精神。

　　"花隐掖垣暮，啾啾栖鸟过。""掖垣"就是左省的墙，"暮"交代了时间是晚上。天黑了，墙下的花隐隐约约的，好像要隐藏起来一样。这叫"花隐掖垣暮"。写完花，接着写鸟。"啾啾"就是鸟的叫声，"栖"说明是归巢的鸟儿。天黑了，这些鸟儿叫着飞回了巢。这是杜甫值夜时的所见所闻。

　　"星临万户动，月傍九霄多。""万户"指的是宫殿，这里有一个典故，相传汉代的建章宫规模非常宏大，有万户千门。"九霄"是天空最高的地方。这两句是夜深所见的景色，天空的群星照耀着宫殿，好像宫殿中的万户千门都在闪动。宫殿很高，似乎靠近了天空中的月亮耸立在月光之下。这两句把星光月辉下的宫殿写得十分生动，我们能够发现杜甫一夜都没有睡觉，他在干什么呢？

　　"不寝听金钥，因风想玉珂。""不寝"是不睡觉。"金钥"是开宫门的钥匙声。杜甫值夜的时候睡不着觉，他听着外面的声音，好像总能听到有人开宫门的钥匙声。"玉珂"是指达官贵人们去上朝时，马佩戴的金玉铃铛发出的清脆的响声。夜风吹起，杜甫好像听到了有人上朝的声音。表现出杜甫希望上朝的迫切心情。

　　"明朝有封事，数问夜如何？"最后两句交代了杜甫"不寝"的原因。杜甫要给皇帝上书奏事，当时大臣们为了防止上书的奏折泄漏，就用黑色袋子密封好，叫作"封事"。杜甫要上书，所以夜里问了好几次时间。"数问"就是多次询问，表现了杜甫寝卧不安的状态。这首诗到这里就停止了，给人留下许多想象的空间。

　　《韵语阳秋》中说："'明朝有封事，数问夜如何？'盖忧君谏政之心切，则通夕为之不寐。想其犯颜逆耳，必不为身谋也。"杜甫要给皇帝上书劝谏，又担心说得不好触犯龙颜，所以心情也十分紧张。

趣读杜甫诗

1. 汉字密码

　　你来猜一猜，这是《春宿左省》中的哪个字？

　　这是诗中的"临"字。其中的 像一个人在俯视，你发现这里有眼睛了吗？ 表示雨水自上而下降落。"临"用来比喻目光自上而下打量，有俯首察看的意思。

2. 词语对碰

　　读一读，对一对。请你为下面的词语对对子吧！

　　星对（　　　　）　　　金钥对（　　　　　）　　　栖鸟过对（　　　　　　）

3. 我问你答

诗中"星（　　）万户动,月傍九霄多"中填入什么字最为恰当?(　　　)

A. 照

B. 耀

C. 临

4. 古诗连线

请你把下面的诗句,按照正确的前后顺序用直线连起来吧!

花隐掖垣暮　　　　　数问夜如何

星临万户动　　　　　因风想玉珂

不寝听金钥　　　　　月傍九霄多

明朝有封事　　　　　啾啾栖鸟过

5. 飞花令

请你以"夜"字为令,补全诗句。

① 夜 _____。

② 今 夜 偏 知 春 气 暖 。

③ _____ 夜 _____。

④ 露 从 今 夜 白 。

⑤ _____ 夜 _____ 。

⑥ 有 约 不 来 过 夜 半 。

⑦ _____ 夜 。

6. 读诗写文

请你根据这首诗提供的信息,发挥想象,帮杜甫写一篇值班日记吧! 注意写清楚杜甫看到了什么,听到了什么,想到了什么,又做了什么。

曲江二首(其二)

朝回日日典春衣，每日江头尽醉归。

酒债寻常行处有，人生七十古来稀。

穿花蛱蝶深深见，点水蜻蜓款款飞。

传语风光共流转，暂时相赏莫相违。

▶ **注释**

朝回：上朝回来。

典：押当。

行处：到处。

见：同"现"。

款款：形容徐缓的样子。

风光：春光。

诵读点拨

　　曲江又叫曲江池，它的故址在现在西安城南五公里处，原为汉武帝所造。唐玄宗开元年间大加整修，池水澄明，花卉环列。其南有紫云楼、芙蓉苑；西有杏园、慈恩寺。曲江是著名游览胜地。杜甫的《曲江二首》创作于乾元元年(758)的暮春时节，这时候，长安城虽然被收复，但是安史之乱并没有结束，战争还没有平息。杜甫看见唐朝因为政治腐败而酿成的祸乱，心里非常复杂。他来到曲江池边，看到暮春的景物，触动心中的忧伤，就写了《曲江二首》，这是其中的第二首。

　　"朝回日日典春衣，每日江头尽醉归。""朝回"就是上朝回来，杜甫这时候还是左拾遗，还要上朝，他经常给皇帝写劝谏的奏疏，却不着皇帝喜欢，杜甫心里也很无奈。"典春衣"就是把春天的衣服拿去当铺里典当，把衣服押在当铺里换钱，再去买酒喝。我们看到，其实杜甫非常落魄，他的日子过得很苦，喝酒都要典衣

才能买到。他在曲江江头,直到喝醉了才回家。"日日""每日"强调经常如此,非常颓废。杜甫自己的志向是要致君尧舜的,他要辅佐君王,让君王成为尧舜一样的明君。但是,他上朝之后,无所事事,内中忧闷,日日醉酒。

"酒债寻常行处有,人生七十古来稀。""典春衣"还不算,杜甫还有"酒债"。"寻常"说明数量很多。"行处有"是到处都有。衣服当完了,杜甫就没有钱买酒了,于是只好赊账,欠了很多的酒债。可是,为什么杜甫宁可赊账也要喝酒呢?后一句给了我们答案,"人生七十古来稀"。这时候的杜甫已经五十多岁了,人能活到七十岁,都是很稀少的,自己还能活多少年呢?那就索性放纵自己吧!曹操不是说"对酒当歌,人生几何"吗?杜甫还能活多久呢?他的人生也许就像这春天一样短暂。但是,他外在的放纵与享乐,恰恰是因为内心无限悲伤与无奈无处排遣。他无法致君尧舜,无法扭转乾坤,只有处处饮酒了。

"穿花蛱蝶深深见,点水蜻蜓款款飞。"杜甫的心中充满了忧愤,而大自然中却是和谐美好的景象。在花丛中,能看到飞来飞去的蝴蝶时隐时现;在水面上,也有轻盈灵巧的蜻蜓,在水上点了一下,又飞起来。"深深""款款"是描写蝴蝶和蜻蜓的美好姿态。这样的景象,杜甫很喜欢,也很欣赏,他陶醉于这样美好的景象里。杜甫觉得,这才是春天啊,这才是生命该有的美好。当自己正在一步步年老,看着这充满生机的春光,他多想让时间停下来啊。

"传语风光共流转,暂时相赏莫相违。"杜甫就这样天真地想,他把所想告诉春光,要和春光一同流连,一同徘徊。他甚至害怕春天抛弃自己,所以他不停地嘱托春光暂时不要抛弃自己。"暂时",一个多么让人心痛的词语,杜甫明明知道春天是暂时的,不长久,但是哪怕那么一瞬间的"共流转"、一瞬间的"莫相违",对此时的杜甫来说,都那么可贵,那么难得!而这春光,不仅仅是对春天的流转,更是对朝廷的流转,杜甫对于朝廷,还是抱有希望的。

曲江与大唐有着密不可分的联系,曲江的繁华代表着大唐的繁华,曲江的春光也代表着大唐的春光。杜甫在曲江看花饮酒,实际有着无限的悲伤与感慨。

趣读杜甫诗

1. 汉字密码

你来猜一猜,这是《曲江二首(其二)》中的哪个字?

这是诗中的"寻"字。本义是中国古代的一种长度单位,八尺为寻。后引申出寻找、探究之义。诗中的"寻"是"常见的,平常的"之义。

2. 词语对碰

读一读,对一对。请你为下面的词语对对子吧!

春衣对(　　　　) 　　蛱蝶对(　　　　　) 　　深深见对(　　　　　)

3. 我问你答

下列关于人的年龄的表述,按照从小到大的排序正确的是(　　　)。

A. 而立、不惑、知命、花甲、古稀、耄耋、期颐

B. 而立、不惑、知命、古稀、花甲、耄耋、期颐

C. 而立、不惑、知命、花甲、耄耋、古稀、期颐

4. 古诗连线

请你把下面的诗句,按照正确的前后顺序用直线连起来吧!

朝回日日典春衣　　　　暂时相赏莫相违

酒债寻常行处有　　　　点水蜻蜓款款飞

穿花蛱蝶深深见　　　　人生七十古来稀

传语风光共流转　　　　每日江头尽醉归

5. 飞花令

请你以"飞"字为令,补全诗句。

① 飞 _____。

② 茅 飞 渡 江 洒 江 郊。

③ ＿＿＿＿＿＿ 飞 ＿＿＿＿＿＿＿＿＿＿ 。
④ 千 山 鸟 飞 绝 。
⑤ ＿＿＿＿＿＿＿＿＿ 飞 ＿＿＿＿＿ 。
⑥ 胡 天 八 月 即 飞 雪 。
⑦ ＿＿＿＿＿＿＿＿＿＿＿ 飞 ＿ 。

6. 诗情画意

　　请你根据诗中"穿花蛱蝶深深见,点水蜻蜓款款飞"的意境作一幅画吧。

第六讲　被贬华州

赠卫八处士

人生不相见，动如参与商。

今夕复何夕，共此灯烛光。

少壮能几时，鬓发各已苍。

访旧半为鬼，惊呼热中肠。

焉知二十载，重上君子堂。

昔别君未婚，儿女忽成行。

怡然敬父执，问我来何方。

问答乃未已，儿女罗酒浆。

夜雨剪春韭，新炊间黄粱。

主称会面难，一举累十觞。

十觞亦不醉，感子故意长。

明日隔山岳，世事两茫茫。

▶ **注释**

卫八处士：名字和生平事迹已不可考。姓卫，排行第八。处士，指隐居不仕的人。

参（shēn）与商：是两个星宿的名字。商星居于东方卯位（上午五点到七点），参星居于西方酉位（下午五点到七点），一出一没，永不相见。

父执：父亲的朋友。

诵读点拨

《赠卫八处士》大概创作于唐肃宗乾元二年（759）的春天。乾元元年（758）冬，杜甫因为上疏救房琯，被贬为华州司功参军。之后，他曾告假回东都洛阳探望旧居陆浑庄。乾元二年（759）三月，杜甫自洛阳经潼关回华州，杜甫在经过奉先县时，去访问了他少年时代的友人卫八处士。这次拜访，是战乱时期的故友重

逢,几多感慨,几多沧桑,都在杜甫的诗中。

"人生不相见,动如参与商。今夕复何夕,共此灯烛光。"人生总会有许许多多的别离,想见一面都不容易。一旦离别,就有可能像参星与商星一样,再也不能见面了。杜甫和老友相见,心中充满了欢喜,更何况这时候还是乱世,安史之乱已经持续了三年多,他们都是经历离乱的人,好不容易见面了,彼此的境况都还可以,心中便觉安慰。这次见面,两个人对着烛光叙旧,有一种恍如隔世的感觉,都忘记今夕是何夕了。这四句非常淳朴,非常实在。

"少壮能几时,鬓发各已苍。访旧半为鬼,惊呼热中肠。"他们静下心来,互相打量,发现彼此容颜都已经不是年轻时的样子。青春年少的岁月能有多少啊,当岁月流逝,人事折磨,他们都已经两鬓斑白,白发苍苍。两个人聊着以前的故事,说到了曾经的亲朋好友。"旧"就是以往的亲朋好友,"半为鬼"是大半都离开了人间,不在了。杜甫以前的亲朋好友有大半都去世了。他们是怎么去世的呢?这让人不由得联想到了战乱,由于战争直接或间接夺取了这些人的生命。这个消息让杜甫非常震惊,心里特别难受。杜甫的心情由喜悦转向了悲伤。

"焉知二十载,重上君子堂。昔别君未婚,儿女忽成行。""焉"是"怎么"的意思。"君子堂"说的是卫八家里的厅堂。这四句杜甫的心情又转向了喜悦。他哪里会想到,二十年过去了,还能到朋友的家里拜访。当初离别的时候,卫八还没有成婚,现在却儿女成行。这又是一阵感叹。

"怡然敬父执,问我来何方。问答乃未已,儿女罗酒浆。""怡然"是喜悦自在的样子。"父执"是父亲的朋友。卫八的儿女非常有礼貌,他们热情地招呼杜甫,询问杜甫从哪里来。还没有说完话,他们又开始张罗酒菜了。这四句诗流露出感人的情谊,人情味很浓厚。

"夜雨剪春韭,新炊间黄粱。主称会面难,一举累十觞。""夜雨剪春韭"是一个典故,汉代的郭林宗在自家后花园开辟了一块菜地,种了很多蔬菜。有一天傍晚下了大雨,他的朋友范逵突然来访。郭林宗就身披蓑衣、头戴斗笠,冒雨到园子里割韭菜,然后做了美味的菜肴,款待范逵。他们二人推杯换盏,谈得非常投机。杜甫就用这个典故来写卫八处士的热情。卫八处士也亲自准备了新鲜的菜肴,煮了香喷喷的米饭,来招待杜甫。饭菜都准备完了,酒也有了,他们二人就畅饮起来。主人卫八说,老朋友见面实在太难了,为了庆祝,连干十杯吧! 可见,卫八心里是非常激动的,而杜甫的心情也变得激动起来。

"十觞亦不醉,感子故意长。明日隔山岳,世事两茫茫。"杜甫一连喝了十几杯,都还没有醉意。卫八的友情让他十分感动。"故意长"是说以往是这样,现在还是这样,对朋友的情谊没有变化,这对杜甫来说是非常可贵的。不过,相聚总还是要分别的。"明日隔山岳",明天要和卫八分别了,两个人隔着华山,不知道什么时候还能再见面。再加上战火纷飞,人事未知,心里充满了惆怅。

在这首诗里,我们能够看到杜甫与老朋友卫八之间的情感非常深厚,这次相见,杜甫的情绪也非常复杂,有喜悦,有悲伤,有激动,有惆怅,可以说,这也是所有好友之间相见都会有的情绪。而诗中所反映出的"真情"历来被人们称道,浦起龙《读杜心解》中说"一路皆属叙事,情真、景真"就是这个意思。

趣读杜甫诗

1. 汉字密码

你来猜一猜,这是《赠卫八处士》中的哪个字?

这是诗中的"岳"字。"岳"字是个象形字,表示高大的山岭。我们常说的"五岳",就是五座著名的山峰,即东岳泰山、西岳华山、北岳恒山、南岳衡山、中岳嵩山。

2. 词语对碰

读一读,对一对。请你为下面的词语对对子吧!

夜雨对( ) 黄粱对( ) 君子堂对( )

3. 我问你答

"夜雨剪春韭,新炊间黄粱"中哪一个字是错的?( )

A. 剪——捡

B. 炊——吹

C. 梁——粱

4. 古诗连线

请你把下面的诗句,按照正确的前后顺序用直线连起来吧!

人生不相见	儿女忽成行
昔别君未婚	新炊间黄粱
夜雨剪春韭	动如参与商
十觞亦不醉	感子故意长

5. 飞花令

请你以"别"字为令,补全诗句。

① 别 _____ 。

② 恨 别 鸟 惊 心 。

③ _____ 别 _____ 。

④ 与 君 离 别 意 。

⑤ _____ 别 ____ 。

⑥ 商 人 重 利 轻 别 离 。

⑦ _____ 别 。

6. 读诗写文

请你根据这首诗提供的信息,发挥想象,帮杜甫写一篇拜访卫八处士的日记吧! 注意写清楚他见到了哪些人,分别说了什么,做了什么,又有怎样的感受。

_____

_____

_____

_____

_____

_____

_____

石壕吏

暮投石壕村，有吏夜捉人。

老翁逾墙走，老妇出门看。

吏呼一何怒！妇啼一何苦！

听妇前致词，三男邺城戍。

一男附书至，二男新战死。

存者且偷生，死者长已矣！

室中更无人，惟有乳下孙。

有孙母未去，出入无完裙。

老妪力虽衰，请从吏夜归。

急应河阳役，犹得备晨炊。

夜久语声绝，如闻泣幽咽。

天明登前途，独与老翁别。

▶ 注释

石壕村：现名干壕村，在今河南陕县东七十里。

吏：官吏，这里指抓壮丁的差役。

逾：越过。

走：跑，这里指逃跑。

一何：何其，多么。

怒：生气，愤怒。

邺城：相州，今河南安阳。

戍：防守，这里指服役。

新：刚刚。

且：姑且，暂且。

长已矣：永远完了。

室中：家中。

去：离开，这里指改嫁。

老妪：老妇人。

从：跟从，跟随。

河阳：今河南孟州，当时唐王朝官兵与叛军在此对峙。

泣幽咽：低微断续的哭声。有泪无声为"泣"，哭声哽塞低沉为"咽"。

前途：前行的道路。

诵读点拨

《石壕吏》是杜甫著名的"三吏""三别"之一，是一首杰出的现实主义叙事诗，写了差吏到石壕村乘夜捉人征兵，连年老力衰的老妇也被抓服役的故事。"三吏"是指《新安吏》《石壕吏》《潼关吏》，"三别"是指《新婚别》《垂老别》《无家别》，是杜甫运用汉魏乐府特点创造的杰作。当时国难当头，民不聊生，杜甫选取了被战争所摧残的残酷事件，表现出统治者的残暴和对劳动人民的同情。

乾元元年（758），郭子仪、李光弼等九位节度使，率兵二十万围攻叛军安庆绪（安禄山的儿子）所占的邺郡（今河南安阳）。原本胜利在望，但在第二年春天，由于史思明派来援军，加上唐军内部矛盾重重，形势发生逆转，在敌人两面夹击之下，唐军全线崩溃。郭子仪等退守河阳（今河南孟州），并四处抽丁补充兵力。乾元二年（759）春天，杜甫由左拾遗贬为华州司功参军。他离开洛阳，历经新安、石壕、潼关，夜宿晓行，风尘仆仆，赶往华州任所。所经之处，哀鸿遍野，民不聊生，这引起杜甫感情上的强烈震动。他在由新安县西行的途中，投宿石壕村，遇到吏卒深夜捉人。于是，就其所见所闻，写成这篇不朽的诗作。

"暮投石壕村，有吏夜捉人。老翁逾墙走，老妇出门看。"到了天黑，杜甫到了石壕村，投宿在一户人家里。"暮"指的是傍晚，走到了傍晚才投宿，说明杜甫当时有可能根本没有地方可去，也有可能是他也不敢走大路，而是悄悄地走小路。为什么呢？因为当时是兵荒马乱的时代，一不小心，连命都没有了。也因为兵荒马乱，老百姓不是逃走，就是被抓去充军了。"夜"是指深夜，人们都已经睡着了。但恰恰是这个时候，有官吏来家里"捉人"。"捉人"这个词用得很有批判意义，杜甫没有用"征兵"，也没有用"招兵"，因为"征兵"或者"招兵"都是正大光明的行为。官吏夜晚来捉人，能够看出平日里肯定也在捉，捉得老百姓到处躲藏，晚上来捉，趁着大家睡着，捉到的可能性就比较大。杜甫没有直接参与到后面的事情中，他是隔着门听到的。这个家里的老翁听到官吏的声音，马上跨过墙头，躲了起来。他的年岁大了，还是躲出去比较好。老妇出门去应付官吏，总不能把一个老太太抓去吧？这是杜甫在这里的这一夜发生的事情，而在这之前，老翁与老妇可能一直会遇到"有吏夜捉人"的突然袭击，老翁可能不止一次地"逾墙走"，老妇也可能不止一次地"出门看"，每一次都顺利应付过去了，这一次也能成功吗？

"吏呼一何怒！妇啼一何苦！""一何"就是"何其，多么"的意思。这两句把官吏与老妇之间的尖锐矛盾形象地展示出来：官吏的叫喊声多么凶狠！老妇的哀哭声多么凄苦！官吏是"呼"，是"怒"；老妇是"啼"，是"苦"。他们之间形成了鲜明的对比。从后面的情节来看，官吏应该是步步紧逼的，老妇是在官吏的逼迫下，一句一句求饶，最后却无可奈何。虽然诗中只用了一句"吏呼一何怒"来描写官吏，但是其嚣张跋扈、凶狠残暴的形象始终非常鲜明。从这里到"犹得备晨炊"全诗老妇的语言，可怜而悲惨。

"听妇前致词，三男邺城戍。一男附书至，二男新战死。存者且偷生，死者长已矣！"我们可以想象官吏大声吼着叫家里的男人出来，而老妇人哭着对官吏诉说家里的遭遇。她说，家里本来有三个儿子，都当兵守邺城去了。这里的"男"是儿子的意思，"戍"就是戍守。三个儿子，没有一个留在家里。她哭着说，一个儿子捎来一封家书，说另外两个儿子在刚刚发生的战斗中死去了。一位老母亲，得知两个儿子都战死的消息，该是多么绝望啊！这时候她最需要的，应该是几句安慰的话。可是，官吏根本不相信，他们继续逼迫着老妇。老妇已经十分痛心了，活着的人，不管怎样都能苟且地生存。可是死去的人，却无论如何也不能再见到了啊！她的家里也实在没有能充军的男人了。

"室中更无人，惟有乳下孙。有孙母未去，出入无完裙。"老妇的话没有让官吏感动，他们反而大发雷霆，老妇只好说，家里真没有别的男人了，只有一个小孙子，可是他还在吃奶啊，还是个婴儿啊！官吏听了，就问，既然有婴儿，就该有大人啊！老妇非常害怕，说孩子的父亲战死了，孩子的母亲是因为有孩子，才没有改嫁，她要给孩子吃奶啊！但是，她的衣服破烂，怎么见人呢？到了这里，矛盾激化了。官吏逼迫老妇人让守寡的儿媳妇出来，老妇害怕儿媳妇被抓走。官吏的

凶恶残暴,百姓的苦难遭遇,在老妇人的回答中展现出来。

"老妪力虽衰,请从吏夜归。急应河阳役,犹得备晨炊。""老妪"就是老妇人。"晨炊"就是早饭。老妇人百般无奈之下,只好挺身而出。她说自己虽然年纪大没有什么力气,请求跟着官吏一起去吧。她愿意到河阳服役,因为自己还能够为士卒们做饭,干杂活儿。官吏听了,也只好作罢,带着老妇走了。老妇的话就到这里,这些官吏连一个老太太都不放过,更何况这位老太太家中的遭遇如此悲惨,真是令人痛心疾首!

"夜久语声绝,如闻泣幽咽。天明登前途,独与老翁别。"老妇人越走越远了,她的哭声渐渐听不到了,只听得见老妇人的儿媳因为丈夫战死、婆婆被抓的抽泣声。杜甫没有议论,也没有抒发自己的情感,只是把这件事情叙述下来,却鲜明地传达了他对残暴的统治者的批判,对劳动人们悲惨遭遇的同情。不知道杜甫是不是一夜没有合眼,只知道天亮了,他只有和老翁告别——就在前一晚,迎接他招待他的,还是一对老夫妻。老翁的心里一定十分悲伤,十分绝望。但是杜甫没有直接说,也不忍去说,他留给我们想象的余地。

《石壕吏》自始至终没有一句议论和感慨,却令人回味无穷,杜甫用了较短的篇幅,在惊人的广度与深度上反映了战乱时期官吏与百姓之间的矛盾与冲突,反映出唐朝统治阶级不顾百姓的残暴。难怪仇兆鳌在《杜少陵集详注》中说:"古者有兄弟始遣一人从军。今驱尽壮丁,及于老弱。诗云:三男戍,二男死,孙方乳,媳无裙,翁逾墙,妇夜往。一家之中,父子、兄弟、祖孙、姑媳惨酷至此,民不聊生极矣!当时唐祚,亦岌岌乎危哉!"

趣读杜甫诗

1. 汉字密码

你来猜一猜,这是《石壕吏》中的哪个字?

这是诗中的"吏"字。"吏"是一个会意字,本义为官吏。在甲骨文中,"吏"和"史"曾是同一字形,都代表管理各种事务的人,后引申为官吏。

2. 词语对碰

读一读,对一对。请你为下面的词语对对子吧!

逾墙对(　　　　)　　晨炊对(　　　　)　　石壕村对(　　　　)

3. 我问你答

"犹得备晨炊"的上一句是?(　　　)

A. 听妇前致词

B. 老妪力虽衰

C. 急应河阳役

4. 古诗连线

请你把下面的诗句,按照正确的前后顺序用直线连起来吧!

老翁逾墙走　　　　死者长已矣

存者且偷生　　　　老妇出门看

有孙母未去　　　　如闻泣幽咽

夜久语声绝　　　　出入无完裙

5. 飞花令

请你以"书"字为令,补全诗句。

① 书 ＿＿＿＿＿＿＿＿＿＿＿＿。

② 家 书 抵 万 金 。

③ ＿＿＿＿＿ 书 ＿＿＿＿＿＿。

④ 漫 卷 诗 书 喜 欲 狂 。

⑤ ＿＿＿＿＿＿＿ 书 ＿＿＿＿。

⑥ 正 是 男 儿 读 书 时 。

⑦ ＿＿＿＿＿＿＿＿＿＿ 书 。

6. 读诗写文

诗中的"老妇"被"官吏"捉去后,会经历什么,有怎样的结局呢?请你根据诗

中的信息,发挥想象,续编"老妇"的结局。

_____

_____

_____

_____

_____

_____

_____

_____

_____

_____

_____

_____

_____

_____

_____

_____

_____

_____

_____

_____

_____

第七讲　思念亲友

梦李白二首(其一)

死别已吞声，生别常恻恻。

江南瘴疠地，逐客无消息。

故人入我梦，明我长相忆。

恐非平生魂，路远不可测。

魂来枫林青，魂返关塞黑。

君今在罗网，何以有羽翼？

落月满屋梁，犹疑照颜色。

水深波浪阔，无使蛟龙得。

▶ 注释

吞声：极端悲恸，哭不出声来。

恻恻：悲痛。

瘴疠：疾疫。古代称江南为瘴疫之地。

逐客：被放逐的人，此指李白。

颜色：指容貌。

诵读点拨

　　杜甫和李白，一位是"诗圣"，一位是"诗仙"，是中国诗歌史上璀璨的明星。天宝三年(744)的春夏之交，杜甫和李白在洛阳相遇。当时44岁的李白被赐金放还，33岁的杜甫也怀才不遇。那一年的秋天，杜甫和李白漫游梁宋，同游齐鲁，一起赋诗饮酒，求仙访道。天宝四载(745)的秋天，杜甫和李白在山东兖州石门分别，这一别就再也没有见面。

　　至德二载(757)，李白因为曾参与永王李璘的幕府受到牵连，下狱浔阳(今江西九江市)。乾元元年(758)初，又被定罪长流夜郎(今贵州桐梓县)。乾元二年(759)二月，在三峡流放途中，遇赦放还，回到江陵。杜甫这个时候在秦州，因为

地方僻远,加上战乱,两个人消息隔绝,杜甫只听说李白被流放,不知道已经被赦还,他仍然在为李白担忧。这一时期,杜甫写了很多怀念李白的诗,还经常梦见李白。《梦李白二首》创作于乾元二年(759)的秋天,是杜甫听到李白流放夜郎后,积思成梦而作。这首诗是其中的第一首。

"死别已吞声,生别常恻恻。""吞声"是极度悲伤,悲伤到哭不出声音来。"恻恻"也是悲痛的样子。这两句的意思是,死别的悲痛总有一天会终止,生离的悲伤会让人痛不欲生。李白被流放的时候已经58岁,年纪很大了,以后能否生还,都无法预料。杜甫不知道李白这次被流放对他来说是生离还是死别,无论是哪一种,杜甫都是非常悲痛的。这是全篇情感的总领,开篇就营造了悲怆的氛围,表现了杜甫对李白的担忧与思念。

"江南瘴疠地,逐客无消息。"南方地区天气湿热,容易发生疫病,所以古代称江南为"瘴疠地"。"逐客"是被放逐的人,这里指的是被流放的李白。这两句交代了李白被流放的地方环境非常艰苦,杜甫为李白担忧,在这样容易发生疫病的地方,被流放的李白万一染上疾病,那不是更加雪上加霜吗?而李白到现在都音讯全无,这让杜甫更加担心了。他在等着李白的消息,可是怎么等也等不到。

"故人入我梦,明我长相忆。""故人"也就是李白。杜甫对李白的担忧非常严重,以至于做梦都梦见了李白。但是杜甫却不说梦见李白,而是说李白进入了自己的梦中。不仅进入了自己的梦中,还说李白知道自己长久地思念着李白。这是杜甫梦中的情景,梦中的李白音容依旧,梦中的杜甫无限欢喜。

"恐非平生魂,路远不可测。"杜甫的欢喜只是短暂的,他与李白在梦见相见,忽然让他觉得有些不安。他担心见到的李白该不是李白的魂魄吧?他知道与李白相隔遥远,很多事情都难以预料。最让他担心的是,李白是不是还活着呢?路遥不可测,这么远的路,李白的人怎么可能会来呢?

"魂来枫林青,魂返关塞黑。""魂来枫林青"出自《楚辞·招魂》:"湛湛江水兮上有枫,目极千里兮伤春心,魂兮归来哀江南!"相传是宋玉为招屈原的魂魄而作的。在这里,杜甫用来借指李白的魂魄。他说,在梦境中,李白的魂魄来的时候,要飞过南方葱郁的千里枫林,回去的时候,要度过秦地昏黑的万丈关塞。"枫林青""关塞黑"为梦境染上了凄凉阴沉的色彩。

"君今在罗网,何以有羽翼?""罗网"本是捕鸟用的工具,在这里指法网。李白被流放,无法获得自由,怎么能够像鸟儿一样生出翅膀,飞出罗网呢?杜甫由梦见李白的喜悦,转向了对李白生死的猜测和深深的担忧。

"落月满屋梁,犹疑照颜色。"杜甫的梦醒了,李白也远去了。杜甫看着落月的光照满了屋子,似乎看见了月光中李白那憔悴的容颜。这是一种错觉,更是一种深深的担忧。

"水深波浪阔,无使蛟龙得。"于是,杜甫在心里默默地祝福着李白,江湖水深,波涛汹涌,千万别遭遇蛟龙的袭击而受伤啊!"蛟龙"出自梁代吴均的《续齐谐记》,其记载:东汉初年,有人在长沙见到一个自称屈原的人,听他说:"吾尝见祭甚盛,然为蛟龙所苦。"这里通过化用典故,将李白与屈原联系起来,不但突出了李白命运的悲剧色彩,更加表现出杜甫对李白的仰慕和崇敬。

这是杜甫初次梦见李白的情景,在此之后,又多次梦见了李白,在《梦李白二首》(其二)中,"冠盖满京华,斯人独憔悴",说高冠华盖的权贵们充斥长安,唯独李白这样一个了不起的人物困顿不堪。在沉重的嗟叹之中,寄托着杜甫对李白的崇高评价和深厚同情,也包含着诗人自己的无限心事。

趣读杜甫诗

1. 汉字密码

你来猜一猜,这是《梦李白二首(其一)》中的哪个字?

这是诗中的"罗"字。"罗"是一个会意字,本义为用绳线结成的捕鸟网。甲骨文字形是网中有佳(鸟),后来字形中增加了"系",表示结网所用的材料。

2. 词语对碰

读一读,对一对。请你为下面的词语对对子吧!

江南对(　　　　)　　枫林对(　　　　)　　波浪阔对(　　　　)

3. 我问你答

诗中"落月满屋梁,犹疑照颜色"的"颜色"指的是?(　　　)

A. 色彩

B. 容貌

C. 颜料

4. 古诗连线

请你把下面的诗句,按照正确的前后顺序用直线连起来吧!

死别已吞声　　　　魂返关塞黑

魂来枫林青　　　　无使蛟龙得

落月满屋梁　　　　生别常恻恻

水深波浪阔　　　　犹疑照颜色

5. 飞花令

请你以"梦"字为令,补全诗句。

① 梦 _____。

② 吹 梦 到 西 洲 。

③ _____ 梦 _____。

④ 六 朝 如 梦 鸟 空 啼 。

⑤ _____ 梦 _____。

⑥ 铁 马 冰 河 入 梦 来 。

⑦ _____ 梦 。

6. 诗情画意

请你根据诗中"落月满屋梁,犹疑照颜色"的意境作一幅画吧。

月夜忆舍弟

戍鼓断人行，边秋一雁声。

露从今夜白，月是故乡明。

有弟皆分散，无家问死生。

寄书长不达，况乃未休兵。

▶ 注释

舍弟：家弟。

戍鼓：戍楼上用以报时或告警的鼓声。

断人行：指鼓声响起后，就开始宵禁。

况乃：何况是。

诵读点拨

《月夜忆舍弟》创作于唐肃宗乾元二年(759)的秋天，当时杜甫在秦州，杜甫的几个弟弟在河南、山东各地，由于战乱四起，音信不通，下落不明，杜甫非常担心弟弟们的安危。特别是在入秋以后的白露时节，听到了戍楼上的鼓声和失群孤雁的哀鸣声时，杜甫的思念之情越来越浓烈，越来越沉重。于是，他就写下了这首诗。

"戍鼓断人行，边秋一雁声。"这首诗的题目叫《月夜忆舍弟》，那这个月夜，杜甫见到了什么，听到了什么呢？是什么触动他怀念自己的弟弟呢？这两句中，"戍鼓"是戍楼上用以报时或告警的鼓声，戍楼就是边防驻军的瞭望楼，用来观察军情，报时警告。到了晚上，戍楼里响起了鼓声，这个鼓声是警告人们晚上到了，禁止通行了，也就是"断人行"。"边秋"是边塞的秋天。"一雁"是孤雁。我们知道，雁是成群结队的，"一雁"表示离开了群体，是孤单的。"雁"这个意象的含义非常丰富：古时候把雁行比喻兄弟，一雁就是表示兄弟分散，这暗合了诗题；雁又能传书，给人们带来所念之人的消息，这也为下文的"寄书"埋下了伏笔。这两句

是杜甫听到的声音,说明了战乱还在继续,道路也被阻隔,为全诗渲染了浓重的悲凉之气。

"露从今夜白,月是故乡明。"这两句非常经典,是对月思乡的千古名句。诗中包含着"白露明月"四个字,这是杜甫在白露那一夜写的诗。白露是中国传统二十四节气中的第十五个节气。白露到了,天气就渐渐转凉了,这时候会在清晨时分发现地面和叶子上有许多露珠,这是因夜晚水汽凝结在上面,所以叫白露。而白露到了,杜甫更加怀念自己的家人了。"月是故乡明"由白露联想到故乡,杜甫的故乡怎样了呢? 他的故乡已经处在战乱之中了,家宅被叛军毁了,兄弟都离散了。"故乡明"表现的是他对故乡、对亲人的深切怀念。天下只有一轮明月,而主观的情感是故乡的月亮最明亮,因为故乡是他和兄弟们在一起生活的地方,这种手法深刻地表现出杜甫对故乡的感怀。更为可贵的是,这两句化用了南朝文学家江淹的《别赋》中的句子:"至乃秋露如珠,秋月如珪,明月白露,光阴往来,与子之别,思心徘徊。"《别赋》生动地描述了形形色色的人们离别的情景,再现了齐梁时代社会的动乱。杜甫将之用于安史之乱中与兄弟之别,可以说是"妙绝古今"。这两句也是杜甫所见的景象,在白露中思念亲人,在月光下怀念故乡。"露""白""月""明"营造了一个凄清冰冷的环境,读来特别感人。

"有弟皆分散,无家问死生。"这两句由望月转向了抒情,戍鼓声、孤雁声、露水白、月光明都使杜甫感物伤怀,字字句句都是对兄弟们的怀念。有兄弟但都离散天涯,各在一方,无法打听到他们的消息。家也不存在了,生死无处可知。这两句包含着杜甫极大的悲愁与不安,也代表着所有经历安史之乱的人民忧患离散的悲惨遭遇。杜甫的诗,总是将个人的经历与国家人民的遭遇联系在一起,这也是他的诗被称为"诗史"的原因。

"寄书长不达,况乃未休兵。"杜甫对兄弟们的思念情真意切,他很想知道兄弟是否安好,但是亲人们四处流散,就算写信,也不知道该把信寄到何处,更何况现在还是战乱的时期。诗的最后,揭示了造成兄弟离散的主要原因是"未休兵",战事什么时候才能结束啊? 越是战乱的时候,人们对亲人的思念越是浓重,对亲人的消息越是期待。可想而知,杜甫心中的忧虑是非常浓重的。

这首诗层次清晰,首尾照应。开篇听到"戍鼓",引出后文的"未休兵";开篇的"一雁"声,引出后文的"寄书",结构非常严谨。全诗沉郁哀伤,真挚感人。

趣读杜甫诗

1. 汉字密码

你来猜一猜,这是《月夜忆舍弟》中的哪个字?

这是诗中的"戍"字。在甲骨文字形中,左边的表示士兵,右边的表示武器,这个字的意思就是扛着武器的士兵在防守。

2. 词语对碰

读一读,对一对。请你为下面的词语对对子吧!

今夜对(　　　　　)　　寄书对(　　　　　)　　一雁声对(　　　　　)

3. 我问你答

"戍鼓断人行,边秋一燕声"中哪个字是错误的?(　　　)

A. 戍——戌

B. 秋——塞

C. 燕——雁

4. 古诗连线

请你把下面的诗句,按照正确的前后顺序用直线连起来吧!

戍鼓断人行　　　　无家问死生

露从今夜白　　　　况乃未休兵

有弟皆分散　　　　边秋一雁声

寄书长不达　　　　月是故乡明

5. 飞花令

请你以"今"字为令,补全诗句。

① 今 ＿＿＿＿＿＿＿＿＿＿。

② 至 今 思 项 羽。

③ ＿＿＿＿＿ 今 ＿＿＿＿＿。

④ 我 命 绝 今 日 。

⑤ ＿＿＿＿＿＿ 今 ＿＿＿＿。

⑥ 出 师 一 表 通 今 古 。

⑦ ＿＿＿＿＿＿＿＿ 今 。

6. 读诗写文

请你根据这首诗提供的信息,发挥想象,帮杜甫给弟弟写一封信吧!注意写清楚杜甫当时的状况,以及他对弟弟们的担心和思念。

＿＿＿＿＿＿＿＿＿＿＿＿＿＿＿＿＿＿＿＿＿

＿＿＿＿＿＿＿＿＿＿＿＿＿＿＿＿＿＿＿＿＿＿

＿＿＿＿＿＿＿＿＿＿＿＿＿＿＿＿＿＿＿＿＿＿

＿＿＿＿＿＿＿＿＿＿＿＿＿＿＿＿＿＿＿＿＿＿

＿＿＿＿＿＿＿＿＿＿＿＿＿＿＿＿＿＿＿＿＿＿

＿＿＿＿＿＿＿＿＿＿＿＿＿＿＿＿＿＿＿＿＿＿

＿＿＿＿＿＿＿＿＿＿＿＿＿＿＿＿＿＿＿＿＿＿

＿＿＿＿＿＿＿＿＿＿＿＿＿＿＿＿＿＿＿＿＿＿

＿＿＿＿＿＿＿＿＿＿＿＿＿＿＿＿＿＿＿＿＿＿

＿＿＿＿＿＿＿＿＿＿＿＿＿＿＿＿＿＿＿＿＿＿

＿＿＿＿＿＿＿＿＿＿＿＿＿＿＿＿＿＿＿＿＿＿

＿＿＿＿＿＿＿＿＿＿＿＿＿＿＿＿＿＿＿＿＿＿

＿＿＿＿＿＿＿＿＿＿＿＿＿＿＿＿＿＿＿＿＿＿

第八讲　定居蜀中

蜀相

丞相祠堂何处寻？锦官城外柏森森。

映阶碧草自春色，隔叶黄鹂空好音。

三顾频烦天下计，两朝开济老臣心。

出师未捷身先死，长使英雄泪满襟。

▶ 注释

蜀相：三国蜀汉丞相，指诸葛亮（孔明）。

丞相祠堂：即诸葛武侯祠，在今成都市武侯区，由晋代李雄初建。

锦官城：成都的别名。

开：开创。

出师：出兵。

诵读点拨

　　《蜀相》大约创作于唐肃宗上元元年（760）的春天，是杜甫"初至成都时作"。唐肃宗乾元二年（759）十二月，杜甫结束了为时四年的寓居秦州、同谷（今甘肃成县）的颠沛流离的生活。他到了成都，在朋友的资助下，定居在浣花溪畔。成都是当年蜀汉建都的地方，城西北有诸葛亮庙，称武侯祠。唐肃宗上元元年（760）春天，杜甫怀着无限的仰慕与敬重，探访了诸葛武侯祠。当时，安史之乱还没有平息，杜甫心中的抱负无法施展。诗题"蜀相"的意思是蜀汉国的丞相诸葛亮。

　　"丞相祠堂何处寻？锦官城外柏森森。"诗的开篇以问答的形式，交代了诸葛亮祠的位置。蜀汉章武元年（221），刘备在成都称帝，定国号为汉，任命诸葛亮为丞相。"何处寻"是明明知道在哪里却还要故意去问，表现出对诸葛亮的仰慕之情。"锦官城"是古代成都的别称，也可以简称为"锦城"。在三国蜀汉时期，因为成都的蜀锦非常有名，成为蜀汉政权重要的财政收入，蜀汉王朝曾经设立锦官和

建立锦官城以保护蜀锦的生产,"锦官城"的称呼由此产生并声名远扬。诗中的这句是说杜甫凭吊的是成都郊外的武侯祠。"柏森森"是指柏树长得高大挺拔,非常茂盛,有一种静谧肃穆的气氛。因为柏树高大挺拔,不仅生命比较长久,而且经冬不凋,所以常常被用作祠庙中的观赏树木。"森森"所表现的是柏树葱郁苍劲的特点,这也让杜甫联想到诸葛亮的精神。

"映阶碧草自春色,隔叶黄鹂空好音。"这两句是杜甫在武侯祠的所见所闻,流露出历史的沧桑感。春天到来,石阶旁的草长得很茂盛,铺展开来,它们自顾自地享受着春天。"自"所表现的是碧草不管人间沧桑,只自管春荣秋萎,年复一年,这是草的无情。走进武侯祠,能够听见黄鹂在枝叶间空自啼叫。"空"表现的是杜甫无心去听,黄鹂空作好音。为什么这样说呢?因为它所仰慕的诸葛亮已经不在了,他的忧伤渗进了碧草,用碧草"自春色"的无情衬托人的有情;他的忧伤赋予了黄鹂,用"空好音"的无奈来表现他对诸葛亮的怀念。

"三顾频烦天下计,两朝开济老臣心。"这两句以非常工整的对仗高度概括了诸葛亮的毕生业绩和高尚品格。"三顾"是"三顾茅庐"的典故。公元207年冬至公元208年春,当时屯兵新野(今河南新野)的刘备,带着大将关羽、张飞,三次到南阳郡邓县隆中(今湖北襄阳隆中)诸葛草庐请诸葛亮出山辅佐,成了一段三国佳话。"频烦"是多次的意思。刘备多次拜访,问计于诸葛亮。诸葛亮在《隆中对》中预见了魏蜀吴鼎足三分的政治形势,并为刘备制定了一整套统一国家之策,足见其济世雄才。"两朝"指诸葛亮辅助刘备开创帝业,后又辅佐刘备之子刘禅,颂扬他为国呕心沥血的耿耿忠心。"老臣心"表现了诸葛亮鞠躬尽瘁、死而后已的高尚精神。对于杜甫来说,他渴望着能有像诸葛亮这样的忠臣来匡扶社稷,重整乾坤,寄托着杜甫对唐朝命运的担忧与对良臣的企盼。

"出师未捷身先死,长使英雄泪满襟。"这两句是最为感人的诗句。诸葛亮为了兴复汉室、统一天下,多次出征,耗尽心血,然而却功业未成,在54岁时,因为操劳过度而死于军中。诸葛亮壮志未酬、功业未就的遗恨代表着无数英雄赍志以殁的悲剧形象,让英雄为之流泪,也让平庸的人为之潸然。

杜甫曾经寻访过多处诸葛亮的遗迹,在经历了被贬华州之后,杜甫对皇帝的幻想开始动摇,他更加向往历史上的忠臣明君,尤其是乱世之中更需要君臣之间的默契与信任,才能成就功业。而诸葛亮恰恰是能体现这一理想的人物。在这首《蜀相》中,前四句凭吊了丞相祠堂,在所见所闻中透露出杜甫对国家以及百姓的担忧;后四句颂扬了丞相才德,流露出杜甫对国家未来的憧憬和企盼。

趣读杜甫诗

1. 汉字密码

你来猜一猜,这是《蜀相》中的哪个字?

这是诗中的"烦"字。"烦"字左边的是"火",右边的是"页",表示头脑。从字形上看,是由于思虑过度,头脑发热如火烧。所以,"烦"的本义就是由于思想负担过重而焦躁不安。

2. 词语对碰

读一读,对一对。请你为下面的词语对对子吧!

碧草对( )　　三顾对( )　　柏森森对( )

3. 我问你答

诗中"丞相祠堂何处寻? 锦官城外柏森森"的"丞相"指的是谁?( )

A. 曹操

B. 诸葛亮

C. 周瑜

4. 古诗连线

请你把下面的诗句,按照正确的前后顺序用直线连起来吧!

丞相祠堂何处寻　　　　长使英雄泪满襟

映阶碧草自春色　　　　两朝开济老臣心

三顾频烦天下计　　　　隔叶黄鹂空好音

出师未捷身先死　　　　锦官城外柏森森

5. 飞花令

请你以"黄"字为令,补全诗句。

① 黄 ＿＿＿＿＿＿＿＿＿＿＿ 。

② 焜 黄 华 叶 衰 。

③ ＿＿＿＿ 黄 ＿＿＿＿＿＿＿ 。

④ 梅 子 金 黄 杏 子 肥 。

⑤ ＿＿＿＿＿＿ 黄 ＿＿＿＿ 。

⑥ 牛 衣 古 柳 卖 黄 瓜 。

⑦ ＿＿＿＿＿＿＿＿＿＿ 黄 。

6. 诗情画意

请你根据诗中"映阶碧草自春色,隔叶黄鹂空好音"的意境作一幅画吧。

江村

清江一曲抱村流，长夏江村事事幽。

自去自来梁上燕，相亲相近水中鸥。

老妻画纸为棋局，稚子敲针作钓钩。

但有故人供禄米，微躯此外更何求？

▶ 注释

江村：江畔村庄。

江：指锦江，岷江的支流，在成都西郊的一段称浣花溪。

曲：曲折。

抱：怀拥，环绕。

幽：宁静，安闲。

禄米：古代官吏的俸给，这里指钱米。"但有"句一说为"多病所须惟药物"。

微躯：微贱的身躯，是作者自谦之词。

诵读点拨

唐肃宗乾元二年(759)的年底，杜甫带着全家到达了成都。第二年，在朋友的资助下，在成都郊外的浣花溪畔盖了一间草堂，两年后草堂建成，也就是后来著名的杜甫草堂。这一时期，由于远离战场，又有朋友资助，杜甫的生活过得还算轻松自在，但是因为生活拮据，主要靠人救济，加上常年的病痛，他时不时地会涌现出沉重的心情。

《江村》这首诗创作于唐肃宗上元元年(760)的夏天，在饱经战乱之苦后，杜甫的生活得到了暂时的安宁，他和妻子儿女同聚一处，重新获得了天伦之乐。诗中借景抒怀，表现了杜甫悠然自得的心情。这首诗结构严谨，语言流畅，充满着生活的情趣。

"清江一曲抱村流，长夏江村事事幽。"诗中的江指的是锦江，锦江是岷江

的支流,在成都西郊的一段被称作浣花溪。诗中的江是"清江",江水清澈,可见杜甫的心情也很安宁。这条清澈的江水曲曲折折地环绕着村子,诗中的"抱"用得很好,好像江水有情,在静静地环护着江边的小村一样。这是夏日的时节,夏日的白天很长,所以叫"长夏"。夏日的村庄,一切都很幽静。诗的开篇就营造了宁静的氛围,经历磨难的杜甫也暂时没有了忧虑,他的闲适之情油然而生。

"自去自来梁上燕,相亲相近水中鸥。"杜甫的心情很好,他看到的事物就很悠闲。他看到的燕子是"自去自来梁上燕","自去自来"是来去自由的,无拘无束的。两个"自"重复,强调由自己支配,不受外物干扰的境界。他看到的白鸥"相亲相近","相亲相近"是互相之间的亲近,同样不受外物的干扰。这里的"鸥"代表着飘逸超脱、自由闲适、与世无求,杜甫把燕子和白鸥拟人化了,将自己闲适的心情寄托给了燕子和白鸥,是杜甫摆脱拘束后淡泊名利、自适归隐的感情的外露。

"老妻画纸为棋局,稚子敲针作钓钩。"杜甫怀着愉快的心情回到家中,看到了家人温馨的一幕。他的老伴儿正在纸上画着一个棋盘,他的儿子在敲打一枚针来做钓钩。这两件事非常有趣,画了棋盘就该下棋,做了钓钩就要钓鱼。两件事情都是有延续的,都是在为下一步做准备,都是充满希望的。这样温馨的场面让杜甫心头一暖,传达出一种美好的亲情,一种闲适的生活。

"但有故人供禄米,微躯此外更何求?"这是杜甫由眼前的生活场景发出的感叹。"故人"就是资助杜甫的老朋友。"微躯"是杜甫的自谦之词。杜甫说,有老朋友常常赠送给我粮米,我还有什么可奢望的呢?这两句话看起来是杜甫非常满足,但是却饱含着杜甫的悲苦和辛酸。杜甫的志向是"致君尧舜上,再使风俗淳",但是却无法实现,此时的他已到人生的晚年,经历过诸多离乱与苦难之后,他还要靠别人的接济才能生存。杜甫说得这样轻松,心中却不会如此轻松。

这首诗的写法精严而又流转自然,全诗前后照应非常紧密:"梁上燕"属于"村","水中鸥"属于"江";"棋局"指代"长夏","钓钩"又暗寓"清江"。第二联中"自去自来梁上燕,相亲相近水中鸥",两"自"字,两"相"字,当句自对;"去""来"与"亲""近"又上下句为对,读起来轻快流荡。这首诗写的本来是闲适的心境,但结束的时候仍然流露出落寞之情,不免使人有惆怅之感,这也就是杜甫"沉郁"的地方吧!

趣读杜甫诗

1. 汉字密码

你来猜一猜,这是《江村》中的哪个字?

这是诗中的"幽"字。"幽"字上边的是两个"幺",表示微小;下边的是火。本义表示火光极为微弱。

2. 词语对碰

读一读,对一对。请你为下面的词语对对子吧!

老妻对(　　　)　　画纸对(　　　)　　梁上燕对(　　　)

3. 我问你答

"自去自来梁上燕,相亲相近水中鸥"描写的哪一个季节的景象?(　　　)

A. 春天

B. 夏天

C. 秋天

4. 古诗连线

请你把下面的诗句,按照正确的前后顺序用直线连起来吧!

清江一曲抱村流　　　　　相亲相近水中鸥

自去自来梁上燕　　　　　长夏江村事事幽

老妻画纸为棋局　　　　　微躯此外更何求

但有故人供禄米　　　　　稚子敲针作钓钩

5. 飞花令

请你以"村"字为令,补全诗句。

① 村 ＿＿＿＿＿＿＿＿＿＿＿＿。

② 水 村 山 郭 酒 旗 风 。

③ _____ 村 _____ 。

④ 僵 卧 孤 村 不 自 哀 。

⑤ _____ 村 _____ 。

⑥ 清 江 一 曲 抱 村 流 。

⑦ _____ 村 。

6. 诗情画意

请你根据诗中"稚子敲针作钓钩"的意境作一幅画吧。

第九讲　草堂乐事

春夜喜雨

好雨知时节，当春乃发生。

随风潜入夜，润物细无声。

野径云俱黑，江船火独明。

晓看红湿处，花重锦官城。

▶ **注释**

知：明白，知道。

乃：就。

潜：暗暗的，悄悄的。

野径：田野间的小路。

花重：花因为饱含雨水而显得沉重。

诵读点拨

《春夜喜雨》创作于唐肃宗上元二年(761)的春天。杜甫在经过一段时间流离辗转的生活后，因为陕西发生旱灾而来到四川成都定居，开始了在蜀中的一段较为安定的生活。作此诗时，他已在成都草堂定居两年。他亲自耕作，种菜养花，与农民交往，对春雨的情感自然非同一般。于是，便写下了这首描写春夜降雨、润泽万物的美景诗作。

"好雨知时节，当春乃发生。"这场雨是春天的夜雨，细细柔柔的，看不见，听不到，但是杜甫却感受到了。"春夜喜雨"的"喜"字能看出杜甫喜悦的心情。在诗的开篇，他称这场雨为"好雨"。这场雨像知道时节一样，在春天最需要雨的时候降落，这是一场及时雨。"知"字把春雨写活了，拟人化了，用得很传神。

"随风潜入夜，润物细无声。""潜"是悄悄的，暗暗的，不被人发觉。春雨随着春风，悄悄地在夜晚降临，它不惊扰任何人，默默地付出着。春雨在夜里滋润着万物，无声无息，它不刻意地讨好人们。"潜入夜"和"细无声"不仅表现了随风而来的是

细雨,而且还表明目的是"润物"。所以,这场雨更是一场温柔的雨。其中的"润物细无声"也用来形容在潜移默化中受到教育,受到熏陶。

"野径云俱黑,江船火独明。"这及时而又温柔的春雨让杜甫的心情格外高兴,他希望雨能一次下个够。于是,杜甫就出门去看,他看到了什么呢?田野的小路和低垂的云浑然一体,天上是黑沉沉的云,地上也是黑的,这说明雨一时半会儿是不会停的。往远处看,连江面都看不到了,只有江船上的灯火还亮着,让人知道那里有船停泊,而江船的火光映衬着黑夜。这样看来,杜甫放心了,这也是一场绵长的春雨啊!

"晓看红湿处,花重锦官城。"面对这及时、温柔而又绵长的春雨,杜甫不禁浮想联翩。他想象着第二天清晨的情景:经过一夜春雨的滋润,锦官城的花一定都盛开了,一朵朵红艳艳、沉甸甸的,把锦官城打扮得十分隆重。"红湿""花重"表现的是露水盈花的美丽景象。不仅如此,杜甫甚至会想到田野间农作物的生长,农民的喜悦。甚至大唐江山也需要一场"春雨",再迎来盛世繁华!

杜甫笔下的"春雨"更像是一位"好人",它拥有着"好人"所有的美好品质。杜甫在诗中流露出的喜悦也感染了所有人,让人们在春雨淅沥的时节,总会想到他的诗。

趣读杜甫诗

1. 汉字密码

你来猜一猜,这是《春夜喜雨》中的哪个字?

这是诗中的"径"字。"径"字左边的部分表示行进,右边的部分表示直线。本义是直直地向前走。

2. 词语对碰

读一读,对一对。请你为下面的词语对对子吧!

野径对(　　　)　　　云对(　　　)　　　黑对(　　　)

3. 我问你答

　　《春夜喜雨》中,最能表现春雨无私的诗句是(　　　)。

　　A. 好雨知时节,当春乃发生

　　B. 随风潜入夜,润物细无声

　　C. 野径云俱黑,江船火独明

4. 古诗连线

　　请你把下面的诗句,按照正确的前后顺序用直线连起来吧!

好雨知时节	润物细无声
随风潜入夜	江船火独明
野径云俱黑	花重锦官城
晓看红湿处	当春乃发生

5. 飞花令

　　请你以"船"字为令,补全诗句。

　　① 船 ＿＿＿＿＿＿＿＿＿＿＿。

　　② 江 船 火 独 明 。

　　③ ＿＿＿ 船 ＿＿＿＿＿＿。

　　④ 一 叶 渔 船 两 小 童 。

　　⑤ ＿＿＿＿＿＿ 船 ＿＿。

　　⑥ 荷 花 深 处 小 船 通 。

　　⑦ ＿＿＿＿＿＿＿＿ 船 。

6. 诗情画意

　　请你根据诗中"江船火独明"的意境作一幅画吧。

客至

舍南舍北皆春水，但见群鸥日日来。

花径不曾缘客扫，蓬门今始为君开。

盘飧市远无兼味，樽酒家贫只旧醅。

肯与邻翁相对饮，隔篱呼取尽余杯。

▶ **注释**

客至：客指的是崔明府。"明府"是唐朝人对县令的称呼。杜甫在这首诗题后加了自注："喜崔明府相过"。"相过"是探望、相访。

蓬门：用蓬草编成的门户，以示房子的简陋。

兼味：多种美味佳肴。

旧醅：隔年的陈酒。

肯：能否允许，这是向客人征询。

余杯：余下来的酒。

诵读 点拨

《客至》创作于唐肃宗上元二年(761)的春天。据前人的研究，崔明府可能是杜甫母家的亲戚，也许是他的舅舅。在诗中，杜甫表现出的心情非常愉快，让人感到亲切、朴实。

"舍南舍北皆春水，但见群鸥日日来。"诗的开篇描写了杜甫居住的环境。"舍"是指居住的房屋，是杜甫的家。"舍南舍北皆春水"，描绘出了杜甫草堂被绿水环绕的优美环境。"皆"是全、都的意思，表示到处都是春水，因为这时候正是春天江水上涨的时候。写"春水"就引出了"群鸥"。只看见一群群白鸥每天都会来，在这里飞来飞去。白鸥在古人的笔下是隐士的伴侣，它们在幽静的环境中自由地飞翔。这两句点出了杜甫生活环境的清幽，带有闲逸的色彩。但是，"但见"也看得出"日日来"的只有白鸥，未免使人觉得寂寞，这也为下文客人的到来做了铺垫。

"花径不曾缘客扫,蓬门今始为君开。""花径"是长满花草的小路,很有美感。杜甫说,我家长满花草的小路还没有因为迎接客人而打扫过。言外之意就是,还没有客人到自己家里来,现在有客人来了,心里非常高兴。为了表示敬重和欢迎,要好好打扫一下。当然,需要打扫的不一定只是小径。杜甫的意思是为了迎接客人,认真地做了准备。"蓬门"是用蓬草编成的门,用来比喻贫苦的人家,大多情况下是自谦之词。和"蓬门"相对的是"朱门",古代王侯贵族的府第大门漆成红色,用来表示尊贵,所以用"朱门"来指富贵的人家。杜甫说,我的家门很简陋,平时都没有人来,而且自己也不轻易请别人来,今天为了迎接您的到来而打开。这两句写出了有佳客临门的喜悦之情,表现了对客人的热情欢迎。

"盘飧市远无兼味,樽酒家贫只旧醅。"客人到来,杜甫心中特别高兴,虽然生活清贫,却也准备了酒食。这两句写的就是杜甫和客人一起用餐、不断劝酒的场景。"飧"指的是饭食,"盘飧"是说盘子里的饭食。杜甫一边和客人对饮,一边抱歉地说着,这里离集市很远,没有什么好吃的招待你,真是不好意思。"旧醅"就是陈酒。他还说,别笑话我家里贫穷,只有拿自己酿造的陈酒,请随意吃些吧!古人比较喜欢喝新酿的酒,所以杜甫因为家贫没有新酒而感到歉意。这些话听起来非常亲切,也十分真诚,我们可以体会到杜甫和客人之间的真诚相待和深厚情谊。

"肯与邻翁相对饮,隔篱呼取尽余杯。"前面在描写杜甫与客人对饮的情景,这两句将杜甫的欢乐四散开来。杜甫说,如果他邻居家的老翁也愿意饮酒,他就隔着篱笆,把老翁喊过来,一起喝酒。这也让人想到陶渊明的"过门更相呼,有酒斟酌之",一种率真的性情呼之欲出。可见,杜甫和客人的酒兴越来越高,心情也越来越好,气氛非常热烈。

《客至》流露出杜甫淳朴恬淡的情怀和热情好客的心境,诗中描绘了富有情趣的生活场景,表现出了浓郁的生活气息和人情味。

趣读杜甫诗

1. 汉字密码

你来猜一猜,这是《客至》中的哪个字?

这是诗中的"隔"字。"隔"字左边的部分表示高山,右边的部分表示鼎锅。本义是比喻四周环山如锅,与外界相阻绝。

2. 词语对碰

读一读,对一对。请你为下面的词语对对子吧!

花径对(　　　　)　　　市远对(　　　　)　　　日日来对(　　　　　)

3. 我问你答

"盘飧市远无兼味,樽酒家贫只旧醅"中的"飧"指的是什么?(　　　)

A. 美酒

B. 饭食

C. 饮料

4. 古诗连线

请你把下面的诗句,按照正确的前后顺序用直线连起来吧!

舍南舍北皆春水　　　　隔篱呼取尽余杯

花径不曾缘客扫　　　　樽酒家贫只旧醅

盘飧市远无兼味　　　　蓬门今始为君开

肯与邻翁相对饮　　　　但见群鸥日日来

5. 飞花令

请你以"邻"字为令,补全诗句。

① 邻 ＿＿＿＿＿＿＿＿＿＿＿。

② 东 邻 蚕 种 已 生 些 。

③ ＿＿＿＿＿ 邻 ＿＿＿＿＿。

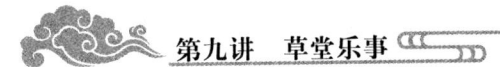

④ 闲 居 少 邻 并 。

⑤ _____ 邻 _____ 。

⑥ 却 疑 春 色 在 邻 家 。

⑦ _____ 邻 。

6.读诗写文

请你根据这首诗提供的信息,发挥想象,帮杜甫写一篇客至日记吧!注意写清楚杜甫和客人做了什么,说了什么。

_____

_____

_____

_____

_____

_____

_____

_____

_____

_____

_____

_____

_____

_____

第十讲　春日抒怀

水槛遣心二首(其一)

去郭轩楹敞，无村眺望赊。

澄江平少岸，幽树晚多花。

细雨鱼儿出，微风燕子斜。

城中十万户，此地两三家。

▶ **注释**

水槛(jiàn)：指水亭之槛，可以凭栏眺望，舒畅身心。

去郭：远离城郭。

轩楹(yíng)：指草堂的建筑物。轩，长廊。楹，柱子。

赊：长，远。

城中：指成都。

诵读点拨

《水槛遣心二首》大约创作于唐肃宗上元二年(761)。杜甫定居在成都草堂，经过他的一番经营，草堂园亩扩展了，树木多了。水亭旁，还添了专供垂钓、眺望的水槛。诗人经过了长期颠沛流离的生活以后，暂时得到了安身的处所，面对着绮丽的风光，情不自禁地写下了一些歌咏自然景物的小诗。《水槛遣心二首》就是其中的一组佳作，写的是在水亭眺望以放松身心的所见所感。这是其中的第一首。

"去郭轩楹敞，无村眺望赊。"这两句写的是成都草堂的环境。草堂因为远离城市，所以格外开阔。"轩楹"是指水亭的建筑。"轩"指的是有窗的长廊或小屋，"楹"指的是柱子。水亭的建筑非常开阔，长廊很长，柱子很高，视野自然很好。"无村"是附近没有村子，视线没有被遮挡。"赊"的意思是长，远。没有村子遮挡视野，往远处看就能看得很远。杜甫一开始就告诉人们，这个位置非常适合极目远眺，游目骋怀。那么，他都"眺望"到了什么呢？

"澄江平少岸，幽树晚多花。"他往远处看，澄清的江水高与岸平，因而很少能看到对岸，这是写江水。再往近处，四周的树木清幽，在黄昏时分还盛开着很多花，这是对树的描写。"澄江"的辽阔、"幽树"的静谧反映出的是杜甫心情的阔朗与安详。

"细雨鱼儿出，微风燕子斜。"这两句对鱼儿和燕子的动态描写非常生动。因为是"细雨"，所以江中的鱼儿欢欣地游到水面了。"出"恰到好处地描绘了鱼儿露头出水那一瞬间的场景，让人的脑海里浮现出鱼儿唼喋着水面的可爱模样。也因为是"微风"，燕子能够在细雨中自由飞翔。"斜"字描绘了燕子轻松自如地斜飞的情景。宋代的叶梦得在《石林诗话》中评价非常恰当："此十字，殆无一字虚设。雨细着水面为沤，鱼常上浮而淰；若大雨则伏而不出矣。燕体轻弱，风猛则不能胜，惟微风乃受以为势，故又有'轻燕受风斜'之语。"杜甫借鱼儿出、燕子斜来表现当时的微风细雨，流露出对春天的喜爱心情，成了历来传诵的名句。

"城中十万户，此地两三家。"这是用成都城中与此地对比，说城中有十万户人家，特别热闹。而这里，才只有两三户人家，特别幽静。表现出杜甫对清幽环境的热爱。

这首诗八句都对仗，比如"去郭"对"无村"，"澄江"对"幽树"，"细雨"对"微风"等，在描写景物上也是远景近景结合，俯视仰视兼备，自然朴实，在写景中将"遣心"之意达成，表现了杜甫远离尘世喧嚣的闲适心情和对自然的热爱。

趣读杜甫诗

1. 汉字密码

你来猜一猜，这是《水槛遣心二首(其一)》中的哪个字？

这是诗中的"燕"字。甲骨文字形中，"燕"字像一只鸟张嘴展翅向上飞，剪刀似的尾巴是燕子的显著特征。

2. 词语对碰

读一读，对一对。请你为下面的词语对对子吧！

澄江对（　　　）　　　细雨对（　　　）　　　鱼儿出对（　　　）

3. 我问你答

"细雨鱼儿出，微风燕子飞"中哪一个字是错误的？（   ）

A. 细——小

B. 出——游

C. 飞——斜

4. 古诗连线

请你把下面的诗句，按照正确的前后顺序用直线连起来吧！

去郭轩楹敞　　　　微风燕子斜

澄江平少岸　　　　无村眺望赊

细雨鱼儿出　　　　幽树晚多花

城中十万户　　　　此地两三家

5. 飞花令

请你以"鱼"字为令，补全诗句。

① 鱼 ＿＿＿＿＿＿＿＿＿＿＿。

② 池 鱼 思 故 渊 。

③ ＿＿＿＿ 鱼 ＿＿＿＿＿＿。

④ 但 爱 鲈 鱼 美 。

⑤ ＿＿＿＿＿＿ 鱼 ＿＿＿＿。

⑥ 桃 花 流 水 鳜 鱼 肥 。

⑦ ＿＿＿＿＿＿＿＿＿ 鱼 。

6. 诗情画意

请你根据诗中"细雨鱼儿出，微风燕子斜"的意境作一幅画吧。

江亭

坦腹江亭暖，长吟野望时。

水流心不竞，云在意俱迟。

寂寂春将晚，欣欣物自私。

江东犹苦战，回首一颦眉。

▶ 注释

坦腹：舒身仰卧，坦露胸腹。

野望：指作者于上元二年(761)写的一首七言律诗。

欣欣：草木茂盛的样子。

"江东"二句：一作"故林归未得，排闷强裁诗"。

诵读 点拨

　　《江亭》创作于上元二年(761)。杜甫在一次游临江之亭时，有所感发，就写了这首诗。这也是杜甫少有的山水田园诗。

　　"坦腹江亭暖，长吟野望时。"天气晴暖的时节，杜甫来到了江边的亭子里，闲适地享受着野外的风光。他是怎么享受的呢？是"坦腹"，是"长吟"。"坦腹"是坦露胸腹，仰卧在亭子里。这是一个非常放松的姿态，里面也有一个典故。相传在晋代的时候，太尉郗鉴在建康时听说琅邪王氏的子侄都很英俊，就派门生送信给王导，想在琅邪王氏家族中挑选女婿。王导让送信的门生去自家的东厢房随便选择。门生回去后对郗鉴说："王家的年轻人都很值得称赞，他们听说来选女婿，都仔细打扮了一番，竭力保持庄重。只有一个青年在东边的床上露出肚皮看书，唯独他神色自若，好像漠不关心似的。"郗鉴说："这人真是好女婿！"郗鉴打听这个青年是谁，原来是王羲之，随后就把女儿郗璿嫁给了他。王羲之坦腹东床被选为佳婿，后来就有了"东床快婿"的典故。而诗中用"坦腹"写出了杜甫和王羲之一样轻松自若的姿态。江亭很

暖,躺在这里很舒服,于是杜甫就长吟诗篇。他吟的是什么诗呢?是《野望》。诗中有"跨马出郊时极目,不堪人事日萧条"的句子,是杜甫跃马出郊时感伤时局、怀念诸弟的自我写照。从中我们也能看出,杜甫心中还是关心实事的。

"水流心不竞,云在意俱迟。"这两句是令人称赞的佳句,表现的是放任自然的意趣。"水流"是指江水在不停地流动着,从来没有停止。"心不竞"说的是内心非常平静,非常闲适,无意相争。其实,杜甫的内心本来是"竞"的,看到了流水之后,他才忽然觉得平日如此匆忙,如此惶恐,是没有意义的。于是,心中便产生了"不竞"的想法。"云在"是指白云在天上自在地移动,舒缓而悠闲。"意俱迟"说的是原本满腔抱负的心,也像云一样"俱迟"。这两句反映的心境就像"宠辱不惊,看庭前花开花落;去留无意,望天空云卷云舒"所描绘的那样,把一切看得很平常,追求一种淡然的心境。

"寂寂春将晚,欣欣物自私。"这两句将杜甫的心情一转,透露出悲凉的情绪。"寂寂"带有孤单冷清之感,转眼间到了晚春时节,杜甫的心头也变得寂寞起来。"欣欣"是草木繁盛的样子,正因为草木繁盛,不顾人的感受,所以杜甫说"物自私"。自然中的万物都自顾自地生长,然而却和杜甫无关。杜甫在独自感受着忧伤,这也说明,其实杜甫的内心并不是真正的悠闲自在。

"江东犹苦战,回首一颦眉。"当时安史之乱还没有平息,杜甫也是在四川成都躲避战乱,暂时的"坦腹江亭"也无法让他忘记国家的危难和人民的悲苦,这也是杜甫的山水诗与众不同的地方。所以,杜甫最终想到的还是社会的动乱。"苦战"说明战争的残酷,持续不断,给百姓的生活甚至生命安全带来巨大的损失。"回首一颦眉",杜甫每一次回首都会因为对国家的忧愁、对人民的同情而皱紧双眉。

最终,杜甫没有真正闲适,他的内心还是充满着苦闷,他还是陷入忧国忧民的愁绪之中了。

趣读杜甫诗

1. 汉字密码

你来猜一猜,这是《江亭》中的哪个字?

这是诗中的"竞"字。在甲骨文字形中,"竞"字像两个人并列争逐的样子。"竞"字的本义就是"争逐"。

2. 词语对碰

读一读,对一对。请你为下面的词语对对子吧!

水流对( )　　心对( )　　江亭暖对( )

3. 我问你答

"水流心不静,云在意俱迟"中哪一个字是错误的?( )

A. 静——竞

B. 在——浮

C. 俱——具

4. 古诗连线

请你把下面的诗句,按照正确的前后顺序用直线连起来吧!

坦腹江亭暖　　　　欣欣物自私

水流心不竞　　　　云在意俱迟

寂寂春将晚　　　　长吟野望时

江东犹苦战　　　　回首一颦眉

5. 飞花令

请你以"长"字为令,补全诗句。

① 长 ＿＿＿＿＿＿＿＿＿＿。

② 山 长 水 阔 知 何 处 。

③ ＿＿＿＿ 长 ＿＿＿＿＿＿。

④ 但 愿 人 长 久 。

⑤ _____ 长 _____ 。

⑥ 冲 天 香 阵 透 长 安 。

⑦ _____ 长 。

6. 读诗写文

请你根据这首诗提供的信息,发挥想象,帮杜甫写一篇江亭日记吧!注意写清楚杜甫看到了什么,听到了什么,想到了什么,又做了什么。

_____

_____

_____

_____

_____

_____

_____

_____

_____

_____

_____

_____

_____

_____

_____

第十一讲　江畔漫步

江畔独步寻花(其五)

黄师塔前江水东，
春光懒困倚微风。
桃花一簇开无主，
可爱深红爱浅红?

▶ 注释

黄师塔:和尚所葬之塔。蜀人呼僧为师，葬所为塔。

懒困:疲倦困怠。

无主:自生自灭，无人照管和玩赏。

诵读点拨

　　《江畔独步寻花》是一组诗，一共有七首。这组诗创作于杜甫定居成都草堂之后，唐肃宗上元二年(761)或唐代宗宝应元年(762)的春天。当时正值春暖花开，杜甫独自在锦江江畔，一边散步，一边赏花。实际上，杜甫是为了遣愁散闷，所以诗中也隐含着悲伤的情绪。这组诗的前四首分别描写恼花、怕春、报春、怜花而流露出悲愁的情怀，后三首显示出赏花时的喜悦之情，蕴含春光难留之意。这是其中的第五首。

　　"黄师塔前江水东"，"黄师塔"是佛师的骨灰塔。四川成都这一带的人称僧人为"师"，称僧人骨灰埋葬的地方为"塔"。僧人已经故去了，师塔还在，从塔前经过的江水在向东流去。"塔前""水东"交代了杜甫此时所在的位置，为下文做好了铺垫。不动的塔，流动的水，构成了动静结合的画面。而已故的僧人，又增添了几分历史感和沧桑感。

　　"春光懒困倚微风"，杜甫在这里沐浴着春天的气息，天气晴好，春色宜人，在这样的春天里，不由得让人产生困倦慵懒的感觉。正因为有了困倦慵懒的感觉，所以才需要小憩一会儿。杜甫用"倚"字来表现在江边小憩，有微风拂面的感受。

似乎不是微风吹拂着自己，而是自己因为"懒困"要倚靠着微风一样。

"桃花一簇开无主"，题目有"寻花"，此处出现了"桃花"。这一句承接上句而来，因为"倚"微风，所以可以停下来细细观察。杜甫发现有一簇桃花，正在春光中盛放。"簇"是聚集成团，或聚集成堆，表现花多。桃花开得这么好，却没有主人照料，流露出杜甫对桃花的惋惜之情。主人已经仙逝，留下的只有寂寞了。

"可爱深红爱浅红"，既然留下的是寂寞，平时没有人赏识。杜甫来到了这里，发现了它，也就有人赏识这桃花了。两个"爱"字表现出杜甫对桃花的怜惜。"深红""浅红"是说花多，花开得有层次。这句像是自言自语，也像是在询问他人：到底该爱那深红的，还是爱那浅红的呢？杜甫有些目不暇接了。

趣读杜甫诗

1. 汉字密码

你来猜一猜，这是《江畔独步寻花(其五)》中的哪个字？

这是诗中的"开"字。上面的 門 表示门，下面的 廾 表示用双手抽拉门闩。"开"的本义是抽掉门闩，启动关闭的门。诗中的"开"是开放、盛开的意思。

2. 词语对碰

读一读，对一对。请你为下面的词语对对子吧！

微风对（　　　）　　桃花对（　　　）　　黄师塔对（　　　）

3. 我问你答

"（　　　）一簇开无主，可爱深红爱浅红"中应填入的是？（　　　）

A. 樱花

B. 桃花

C. 梅花

4. 古诗连线

　　请你把下面的诗句,按照正确的前后顺序用直线连起来吧!

<pre>
黄师塔前   开无主
春光懒困   爱浅红
桃花一簇   江水东
可爱深红   倚微风
</pre>

5. 飞花令

　　请你以"爱"字为令,补全诗句。

① 爱 _____。

② 最 爱 湖 东 行 不 足 。

③ _____ 爱 _____。

④ 停 车 坐 爱 枫 林 晚 。

⑤ _____ 爱 _____。

⑥ 不 是 花 中 偏 爱 菊 。

⑦ _____ 爱 。

6. 诗情画意

　　请你根据诗中"桃花一簇开无主,可爱深红爱浅红"的意境作一幅画吧。

江畔独步寻花(其六)

黄四娘家花满蹊,

千朵万朵压枝低。

留连戏蝶时时舞,

自在娇莺恰恰啼。

▶ 注释

蹊:小路。

留连:留恋,舍不得离去。

娇:可爱的样子。

恰恰:象声词,形容鸟叫声音和谐动听。一说"恰恰"为唐时方言,恰好之意。

诵读点拨

　　这是《江畔独步寻花》中的第六首,写的是杜甫在黄四娘家赏花的场面和感受,描写了草堂周围绚丽的春光,表达了杜甫对美好景物的热爱之情。

　　"黄四娘家花满蹊","黄四娘家",这是杜甫赏花的地点,"黄四娘"是人的名字,把人名写进诗中,流露出很强的生活气息。黄四娘家花开满了小路。"满"字把繁花盛开的场面描绘了出来,说明花开得特别多,密密麻麻,层层叠叠,把整个小路都占满了。正是"花满蹊"的场景,吸引了杜甫驻足。

　　"千朵万朵压枝低","千朵万朵"是说花开得特别多。表面上看,说花多,直接说有一千朵、一万朵,似乎过于直接了。但是,"千朵万朵"是为"压枝低"铺垫的,那么多花,把枝条都压低了。"压枝低"把花多所产生的重量感、动态感描写得非常生动,隔着纸都能感受到花沉甸甸的感觉,极富生命的气息。

　　"留连戏蝶时时舞",因为有花,花开得很好,就吸引来了蝴蝶。"留连"是"留恋,舍不得离开"的意思。杜甫在这里停住了脚步,舍不得离开,也是因为在欣赏着这里的蝴蝶。"戏蝶"是嬉戏的蝴蝶。"戏"字写出了蝴蝶围绕着花飞来飞去的可爱的样子。"时时舞"写出了蝴蝶往来的热闹,表现了春光无限的美好。

"自在娇莺恰恰啼",前面三句都是视觉上的感受,有静态的,也有动态的。最后这一句写的是听觉上的感受,杜甫听到了什么呢?他听到的是娇莺自由欢快的啼叫声。"自在"是无拘无束的,是非常放松的。"娇"是莺啼的特点,比较轻柔,比较和软,娇滴滴的感觉。"恰恰啼"是莺啼得十分悦耳动听。这首诗就在这样的莺啼声中结束,给人留下了想象的空间。

这首诗中,花开的美、莺啼的美,给人留下深刻的印象,让人觉得自然而又亲切。杜甫当时的心情也非常愉悦,他沉浸在了这美好的春光里。

趣读杜甫诗

1. 汉字密码

你来猜一猜,这是《江畔独步寻花(其六)》中的哪个字?

这是诗中的"舞"字。你看,在甲骨文字形中,像不像手挥花枝的人在又唱又跳?

2. 词语对碰

读一读,对一对。请你为下面的词语对对子吧!

戏蝶对( )　　　时时舞对( )　　　花满蹊对( )

3. 我问你答

"留连戏蝶时时舞,自在娇莺恰恰啼"中哪一个字是错误的?( )

　A. 留——流

　B. 骄——娇

　C. 啼——涕

4. 古诗连线

请你把下面的诗句,按照正确的前后顺序用直线连起来吧!

黄四娘家	压枝低
千朵万朵	时时舞
留连戏蝶	花满蹊
自在娇莺	恰恰啼

5. 飞花令

请你以"万"字为令,补全诗句。

① 万 ＿＿＿＿＿＿＿＿＿＿＿。

② 三 万 里 河 东 入 海 。

③ ＿＿＿ 万 ＿＿＿＿＿＿＿。

④ 家 书 抵 万 金 。

⑤ ＿＿＿＿＿＿ 万 ＿＿＿。

⑥ 安 得 广 厦 千 万 间 。

⑦ ＿＿＿＿＿＿＿＿＿ 万 。

6. 诗情画意

请你根据诗中"留连戏蝶时时舞,自在娇莺恰恰啼"的意境作一幅画吧。

第十二讲　战乱悲喜

茅屋为秋风所破歌

八月秋高风怒号,卷我屋上三重茅。

茅飞渡江洒江郊,高者挂罥长林梢,下者飘转沉塘坳。

南村群童欺我老无力,忍能对面为盗贼。

公然抱茅入竹去,唇焦口燥呼不得,归来倚杖自叹息。

俄顷风定云墨色,秋天漠漠向昏黑。

布衾多年冷似铁,娇儿恶卧踏里裂。

床头屋漏无干处,雨脚如麻未断绝。

自经丧乱少睡眠,长夜沾湿何由彻?

安得广厦千万间,大庇天下寒士俱欢颜,风雨不动安如山!

呜呼!何时眼前突兀见此屋,吾庐独破受冻死亦足!

▶ 注释

三:泛指多。

挂罥(juàn):挂着,挂住。罥,挂。

长:高。

沉:山岭上凹处的积水。

塘坳(ào):低洼积水的地方(即池塘)。坳,水边低地。

俄顷:不久,一会儿,顷刻之间。

布衾(qīn):布质的被子。衾,被子。

恶卧:睡相不好。

裂:使……裂开。

何由彻:如何才能坚持到天亮。彻,彻晓。

安得:如何能得到。

广厦:宽敞的大屋。

大庇:全部遮盖、掩护起来。庇,遮盖,掩护。

突兀:高耸的样子,这里用来形容广厦。

见：通"现"，出现。

足：值得。

诵读点拨

《茅屋为秋风所破歌》创作于唐肃宗上元二年(761)的八月。当时杜甫居住在成都浣花溪边的一座茅屋，到了秋天，刮起了大风，下起了大雨。杜甫把茅屋被秋风所破的过程和后果写了出来，加上当时正是安史之乱，杜甫由自身的遭遇联想到战乱以来百姓的苦难，感慨万千，写下了这篇脍炙人口的诗篇。

"八月秋高风怒号，卷我屋上三重茅。茅飞渡江洒江郊，高者挂罥长林梢，下者飘转沉塘坳。"前五句是第一部分的内容，在这一部分里，杜甫主要写了八月的秋风把屋顶的茅草卷走的情景，风力之大，来势之猛，茅飞之乱，被描写得极为生动。"八月秋高"展现的是一个天空辽阔的秋景。"风怒号"是秋风席卷天地的场面，"怒"字把秋风的凶猛气势展现出来，"号"是有声音的，而且是极大的声音，读来耳畔会不由得响起呼啸的风声。开篇第一句就直奔秋风怒号的场面。秋风这么凶猛，造成了什么影响呢？"卷我屋上三重茅"，好像秋风是故意冲着杜甫来的，直接把他屋子上的茅草全都卷走了。"卷"字特别有气势，有力量。"三重茅"是说茅草很多，"三"代表着多的意思。杜甫在成都刚刚安定下来，在朋友的资助下盖起了茅屋，不想却被无情的秋风将茅草卷走，杜甫万分焦急。他眼睁睁地看着这些茅草满天飞卷，茅草都被卷到哪里去了呢？"茅飞渡江洒江郊，高者挂罥长林梢，下者飘转沉塘坳。"这是从三个方面来说茅草被卷飞到了哪里。"茅飞渡江洒江郊"说的是茅草飞过了江面，被吹散在江边的野地上，被卷得那么远；"高者挂罥长林梢"，那些被卷得很高的茅草，挂到了树上，根本弄不下来；"下者飘转沉塘坳"，那些被刮得低的茅草飘落到低洼的水沟，全都弄湿了。"飞""洒""挂罥""飘转"这些动词将茅草被卷起、被刮乱的情景形象地展现出来，杜甫的视线也在紧紧盯着漫天的茅草，他的心中一定万分着急，但是在这里却没有说出来。我们可以想象此时的杜甫面对秋风破屋时，该有多么无奈和愤怒，他眼巴巴地望着，却无能为力。

"南村群童欺我老无力，忍能对面为盗贼。公然抱茅入竹去，唇焦口燥呼不得，归来倚杖自叹息。"这五句构成了这首诗的第二部分，杜甫面对群童抱茅而去的举动非常无奈。茅草被吹走了，捡不回来的，还被群童抢走了。"欺我老无力"是"群童"知道杜甫已经年老，没有力气。这个时候的杜甫已经五十岁左右，不是年轻力壮的时候了。"对面"是面对面，当面的意思。群童竟然当面就像盗贼一样，抱着茅草就跑入了竹林里。这里所表现的是杜甫愤懑的心情，并非是把群童当成"盗贼"。再往深处思考，杜甫是因为穷困，所以屋上的茅草被风吹走时心里很着急，那"群童"不也正是因为穷困，所以才冒着狂风"抱茅"而去吗？是什么原因造成了杜甫和群童以至于黎民百姓的穷困呢？最直接的就是安史之乱。杜甫喊得嘴唇干燥，也喊不回来抱茅而去的群童，只好回到家，拄着拐杖独自叹息了。

"俄顷风定云墨色，秋天漠漠向昏黑。布衾多年冷似铁，娇儿恶卧踏里裂。床头屋漏无干处，雨脚如麻未断绝。自经丧乱少睡眠，长夜沾湿何由彻！"这八句是这首诗的第三部分，写的是屋破之后，又遭受夜雨的悲惨情状。"俄顷风定云墨色"，过了一会儿，风停了。风停了是好事，但是更加不好的事情是"云墨色"。天上的云像墨一样，乌云密布。"秋天漠漠向昏黑"，"秋天"是深秋的天空。紧接着黄昏的天空就黑下来，大雨让黑夜更黑。杜甫睡在床上，他的被子多年没有换过，盖在身上像铁一样冷。"娇儿恶卧踏里裂"，是说他的儿子睡觉的时候总是动来动去，把被里子都蹬裂开了。这真是极为穷困的生活，在写被子又旧又破的同时，也为后文更恶劣的情况做了铺垫。我们可以去想象，屋上的茅草被吹走了，夜晚下起了大雨，被子又旧又破，这个晚上，屋里漏雨怎么办呢？"床头屋漏无干处，雨脚如麻未断绝。"下了雨，他的屋顶就漏水了，屋子里没有一点儿干燥的地方，房顶的雨水像麻线一样不停地往下漏。杜甫睡不着了，他想到了安史之乱以来的痛苦经历。"自经丧乱少睡眠，长夜沾湿何由彻"，自从安史之乱以来，就很少睡得安稳，漫漫长夜，风雨不断，该怎么办呢？杜甫联想到了残破不堪的国家，这被战火重创的国家，不就在经历着风雨飘摇吗？杜甫盼望着天亮，盼望着雨停，不也在盼望着大唐的曙光、大唐的安宁吗？

"安得广厦千万间？大庇天下寒士俱欢颜，风雨不动安如山。呜呼！何时眼前突兀见此屋，吾庐独破受冻死亦足！"这是诗歌的最后一部分，杜甫以更广阔的

胸怀希望能有"广厦千万间"，来庇护天下贫寒的人们，直抒忧民之情。"安得"是如何能得到，是杜甫被屋破漏雨的苦难环境激发出来的质问。"广厦"是宽敞高大的屋子。"天下寒士"在这里是指天下贫寒的人们。"俱"是全、都的意思。"欢颜"是欢乐的笑脸。杜甫说，如何才能得到千万间宽敞高大的房子呢，那样的话，就能庇护天下贫寒的人们，让他们不再受苦受难，让他们喜笑颜开，那样的房子在风雨中也该安稳得像一座山。在诗的最后，杜甫所表现的博大胸怀和雄伟志向极为感人。"呜呼！何时眼前突兀见此屋，吾庐独破受冻死亦足！"杜甫说，唉！什么时候眼前出现这样高耸的房屋，到那时即使他的茅屋被秋风所吹破，就算自己受冻而死，也心甘情愿！

　　在这首诗中，杜甫通过自己经受的苦难来反映天下穷苦百姓的苦难，将自己的悲惨遭遇与国家的命运结合在一起，表现出的忧国忧民之情尤为感人。

趣读杜甫诗

1. 汉字密码

　　你来猜一猜，这是《茅屋为秋风所破歌》中的哪个字？

　　这是诗中的"绝"字。"绝"是会意字，从"糸"，从"人"。表示人用刀断丝。本义是把丝弄断。后来有"中断，消失，停止"的意思。

2. 词语对碰

　　读一读，对一对。请你为下面的词语对对子吧！

　　南村对（　　　　　）　　　广厦对（　　　　　）　　　冷似铁对（　　　　　）

3. 我问你答

　　"雨脚如麻未断绝"的上一句是？（　　　）

　　A. 布衾多年冷似铁

　　B. 床头屋漏无干处

　　C. 长夜沾湿何由彻

4. 古诗连线

请你把下面的诗句,按照正确的前后顺序用直线连起来吧!

高者挂胃长林梢　　　　娇儿恶卧踏里裂

布衾多年冷似铁　　　　雨脚如麻未断绝

床头屋漏无干处　　　　下者飘转沉塘坳

自经丧乱少睡眠　　　　长夜沾湿何由彻

5. 飞花令

请你以"高"字为令,补全诗句。

① 高 ＿＿＿＿＿＿＿＿＿＿＿＿。

② 高 高 秋 月 照 长 城。

③ ＿＿＿＿ 高 ＿＿＿＿＿＿＿。

④ 八 月 秋 高 风 怒 号。

⑤ ＿＿＿＿＿＿＿ 高 ＿＿＿＿。

⑥ 遥 知 兄 弟 登 高 处。

⑦ ＿＿＿＿＿＿＿＿＿＿ 高 。

6. 读诗写文

如果你是杜甫的好朋友,知道了杜甫的遭遇,你打算怎样帮助杜甫呢? 请你写一写吧!

＿＿＿＿＿＿＿＿＿＿＿＿＿＿＿＿＿＿＿＿＿＿＿＿＿＿＿＿

＿＿＿＿＿＿＿＿＿＿＿＿＿＿＿＿＿＿＿＿＿＿＿＿＿＿＿＿

＿＿＿＿＿＿＿＿＿＿＿＿＿＿＿＿＿＿＿＿＿＿＿＿＿＿＿＿

＿＿＿＿＿＿＿＿＿＿＿＿＿＿＿＿＿＿＿＿＿＿＿＿＿＿＿＿

＿＿＿＿＿＿＿＿＿＿＿＿＿＿＿＿＿＿＿＿＿＿＿＿＿＿＿＿

＿＿＿＿＿＿＿＿＿＿＿＿＿＿＿＿＿＿＿＿＿＿＿＿＿＿＿＿

闻官军收河南河北

剑外忽传收蓟北，初闻涕泪满衣裳。

却看妻子愁何在？漫卷诗书喜欲狂。

白日放歌须纵酒，青春作伴好还乡。

即从巴峡穿巫峡，便下襄阳向洛阳。

▶ 注释

涕：眼泪。

却看：回头看。

妻子：妻子和孩子。

漫卷：胡乱地卷起。

青春：指明丽的春天的景色。

便：就。

襄阳：今属湖北。

洛阳：今属河南，是唐代的东都。这句诗下面有原注："余田园在东京。"东京即东都洛阳。

诵读点拨

《闻官军收河南河北》创作于唐代宗广德元年(763)的春天。宝应元年(762)的冬季，唐军在洛阳附近的衡水打了大胜仗，收复了洛阳和郑(今河南郑州)、汴(今河南开封)等州，叛军头领薛嵩、张忠志等纷纷投降。第二年，史思明的儿子史朝义兵败自缢，他的部将田承嗣、李怀仙等也相继投降。到这时，持续八年之久的"安史之乱"终于结束了。远在剑外的杜甫听到这消息，不禁惊喜欲狂，手舞足蹈，冲口唱出这首七律。诗的前半部分写初闻喜讯的惊喜，后半部分写诗人手舞足蹈做返乡的准备，凸显了急于返回故乡的欢快之情。全诗情感奔放，处处渗透着"喜"字，痛快淋漓地抒发了作者无限喜悦的心情。因此被称为杜甫"生平第一快诗"。

"剑外忽传收蓟北，初闻涕泪满衣裳。""剑外"是指剑门关以外，剑门关在大剑山和小剑山之间，是自然天成的天下第一关隘。三国时期，蜀汉丞相诸葛亮在此垒石为关，称剑阁或剑阁关，唐朝以后改称为剑门关。剑门关是入蜀的咽喉，当时杜甫就在剑门关外的地区。"蓟北"是指唐代幽州、蓟州一带，是安史之乱的发源地。杜甫说他在遥远的剑门关外，忽然听说官军收复了河南河北的消息。"忽闻"表示消息来得很突然，也显示杜甫对这件事情非常关注。听到河南河北被收复的消息后，杜甫的第一反应是什么呢？"涕泪满衣裳"。"涕"在这里是眼泪的意思，"涕泪"也就是眼泪。杜甫第一反应就是热泪滚滚而下，眼泪流得满衣裳上都是。"满"字说明了杜甫流了很多的泪，内心极为高兴。这是杜甫盼望了多年的好消息，他怎么能不喜极而泣呢？

"却看妻子愁何在？漫卷诗书喜欲狂。""却看"是回头看。"妻子"在古诗文当中往往是妻子和孩子的统称。杜甫在激动得热泪滚滚之后，想和家人分享这个好消息，他回头一看，妻子和孩子脸上的愁容完全没有了，也和他一样非常高兴。"愁何在"这样一个反问，表达了杜甫一家人非常喜悦的心情。他想对家人说些什么，却也不知道该怎么表达心中的喜悦。于是，他赶紧把散乱的诗书收拾起来，高兴得简直都像发了狂一样。"漫卷"是一种没有目的的行为，杜甫高兴得不知做什么好，就开始收拾起东西来。他要准备回故乡了。

"白日放歌须纵酒，青春作伴好还乡。"这是对"喜欲狂"所作的进一步的描写。杜甫说他太高兴了，高兴到大白天就要开始"放歌"，他要大声歌唱。不仅如此，还须"纵酒"，他要尽情地喝酒。这就是"喜欲狂"的举动，不仅如此，他还有更值得"喜欲狂"的事情——他可以回故乡了！"青春"在这里是指春天，春天里草木茂盛呈青葱色，所以叫"青春"。杜甫说，在这美好的春天里，和妻子儿女们结伴，一起回故乡吧！抑制不住狂喜的杜甫开始憧憬着回乡的旅程了。

"即从巴峡穿巫峡，便下襄阳向洛阳。"杜甫计划着回乡的路线，他要从成都到重庆，再从重庆上船，走水路，顺着长江而下，穿过巴峡、巫峡，经过襄阳转向洛阳去。这首诗里有杜甫的自注是"余田园在东京"，"东京"就是洛阳，这也正是杜甫说"向洛阳"的原因。而事实上，从"剑外"到"洛阳"的距离非常远，加上安史之乱的影响，交通更加不便利，但是杜甫归心似箭，欣喜若狂，他就想快速地回去，所以"即从""穿""便下""向"这一系列的词语将诗的气势连在一起，给人以极快的感觉。

这首诗的感情非常奔放,它痛快淋漓地抒发了杜甫无比喜悦的心情。清代的仇兆鳌在《杜诗详注》中说,此诗之"忽传""初闻""却看""漫卷""即从""便下",于仓卒间,写出欲歌欲哭之状,使人千载如见。细细品读,这首诗真是"无一字非喜,无一字不跃"啊。

趣读杜甫诗

1. 汉字密码

你来猜一猜,这是《闻官军收河南河北》中的哪个字?

这是诗中的"纵"字。"纵"字左边从"纟",表示与丝绳有关,右边的"从"表示音读。本义是松缓。诗中的"纵"是"开放、无约束"的意思。

2. 词语对碰

读一读,对一对。请你为下面的词语对对子吧!

诗书对(　　　　)　　　　愁对(　　　　)　　　　白日对(　　　　)

3. 我问你答

"却看妻子愁何在? 漫卷诗书喜欲狂"中的"妻子"的含义是?(　　　)

A. 爱人

B. 妻子和孩子

C. 孩子

4. 古诗连线

请你把下面的诗句,按照正确的前后顺序用直线连起来吧!

剑外忽传收蓟北　　　　便下襄阳向洛阳

却看妻子愁何在　　　　青春作伴好还乡

白日放歌须纵酒　　　　漫卷诗书喜欲狂

即从巴峡穿巫峡　　　　初闻涕泪满衣裳

5. 飞花令

请你以"北"字为令,补全诗句。

① 北 _____。

② 渭 北 春 天 树 。

③ _____ 北 _____。

④ 孤 山 寺 北 贾 亭 西 。

⑤ _____ 北 _____。

⑥ 任 尔 东 西 南 北 风 。

⑦ _____ 北 。

6. 读诗写文

请你根据这首诗提供的信息,发挥想象,帮杜甫写一篇日记吧! 注意写清楚杜甫当时的心情怎样,他又做了什么。

_____

_____

_____

_____

_____

_____

_____

_____

_____

_____

_____

_____

第十三讲　蜀中景致

登楼

花近高楼伤客心，万方多难此登临。

锦江春色来天地，玉垒浮云变古今。

北极朝廷终不改，西山寇盗莫相侵。

可怜后主还祠庙，日暮聊为梁甫吟。

▶ 注释

客心：客居者之心。

登临：登高观览。临，从高处往下看。

锦江：即濯锦江，流经成都的岷江支流。成都出锦，锦在江中漂洗，色泽更加鲜明，因此命名濯锦江。

玉垒：山名，在四川灌县西、成都西北。

北极：北极星，这里比喻北方的朝廷。

西山寇盗：指吐蕃。

后主：刘备的儿子刘禅，三国时蜀国之后主。

聊为：不甘心这样做而姑且这样做。

梁甫吟：诸葛亮在隆中躬耕时，好为《梁父吟》。

诵读 点拨

《登楼》创作于唐代宗广德二年(764)的春天，当时杜甫客居成都已经五年了。在763年的春天，官军收复了河南河北，安史之乱被平定了。可是，十月的时候，吐蕃攻陷了长安，立傀儡、改年号，唐代宗奔逃到了陕州。不久，郭子仪收复京师。年底的时候，吐蕃又破松、维、保等州(在今四川北部)，继而再攻陷剑南、西山诸州。那一年，杜甫的好友严武又被任命为成都尹兼剑南节度使，原在阆州(今四川阆中)的杜甫，听到这个消息，欣喜异常，马上回到成都草堂。在一个暮春时节，杜甫登楼凭眺，有感而作此诗。

"花近高楼伤客心，万方多难此登临。"杜甫登上高楼，看到繁花盛开，春光再来,他自己却还在他乡漂泊,心中涌起了无限伤感。这里的"客"就是杜甫自己,由于战乱,他远离家乡,客居成都。"万方多难"是指国家遭受着重重灾难,安史之乱刚刚结束,吐蕃又来入侵,"万方"从宏大的空间角度写出了多灾多难的现实。在国家遭受战乱的时候登楼望远,自然心中充满着无限的忧愁。

"锦江春色来天地,玉垒浮云变古今。"这一联写的是杜甫登高望远所见的壮丽山河。"锦江"是成都岷江的支流。"玉垒"是山名。杜甫看到的,是锦江的春色从天地的边际汹涌而来,玉垒山上的浮云飘忽不定,就像古往今来的风云变幻。杜甫用江水、山云、天地、古今的对照,将时间与空间囊括在一起,气象宏大。"锦江春色来天地"是永恒不变的江山,"玉垒浮云变古今"是变化不断的时事。杜甫赞美着大好的山河,也担忧着变幻无常的局势。

"北极朝廷终不改,西山寇盗莫相侵。"这一联在议论天下的大势。"北极"就是北极星,这里比喻朝廷。"终不改"是说唐朝的政权决不能旁落他人的手中。尽管吐蕃多次入侵,但官兵还是收复了京师。"西山寇盗"指的就是吐蕃。杜甫是在警告吐蕃:莫再侵犯我大唐疆土! 这里既包含着杜甫对国家的热爱,也流露出杜甫的隐忧。

"可怜后主还祠庙,日暮聊为梁甫吟。"这是杜甫远望到先主刘备的祠庙发出的感慨。刘备的祠庙在成都锦官门外,西面有武侯祠,东面有后主祠。蜀国后主是刘备的儿子刘禅。刘禅宠爱宦官,最终导致朝政混乱。杜甫以刘禅来暗示唐代宗不能举贤任能,他为国家的前途担忧。《梁甫吟》是诸葛亮遇刘备前,在南阳躬耕的时候喜欢诵读的诗篇,杜甫在日暮的时候吟起这首诗,一方面是对诸葛亮的仰慕与怀念,另一方面也表达了希望朝廷能够启用贤才的想法。杜甫希望自己能够向诸葛亮一样辅佐朝廷,建功立业。但是,在国家多灾多难的时候,他只能在万里他乡登楼远望,吟诗自遣。

《唐诗别裁》中评这首诗:"气象雄伟,笼盖宇宙,此杜诗之最上者。"这首诗有写景,有抒情,有议论,将山河景色和个人的情思结合在一起,语壮境阔,寄慨遥深,体现了诗人沉郁顿挫的艺术风格。

趣读杜甫诗

1. 汉字密码

你来猜一猜,这是《登楼》中的哪个字?

这是诗中的"改"字。"改"字左边是"己",像一个跪着的小孩子;右边是"攴",像以手持杖或执鞭。表示教子改过归正之意。

2. 词语对碰

读一读,对一对。请你为下面的词语对对子吧!

北极对(   )   天对(   )   古对(   )

3. 我问你答

"可怜后主还祠庙,日暮聊为梁甫吟"中的"后主"指的是?(   )

A. 刘备

B. 刘禅

C. 诸葛亮

4. 古诗连线

请你把下面的诗句,按照正确的前后顺序用直线连起来吧!

花近高楼伤客心   日暮聊为梁甫吟

锦江春色来天地   西山寇盗莫相侵

北极朝廷终不改   万方多难此登临

可怜后主还祠庙   玉垒浮云变古今

5. 飞花令

请你以"西"字为令,补全诗句。

① 西 ＿＿＿＿＿＿＿＿＿＿。

② 正 西 望 长 安。

③ ＿＿＿＿ 西 ＿＿＿＿＿＿。

④ 何 时 复 西 归 。

⑤ ＿＿＿＿＿＿ 西 ＿＿ 。

⑥ 江 潭 落 月 复 西 斜 。

⑦ ＿＿＿＿＿＿＿ 西 。

6. 诗情画意

请你根据诗中"锦江春色来天地,玉垒浮云变古今"的意境作一幅画吧。

绝句四首(其三)

两个黄鹂鸣翠柳,

一行白鹭上青天。

窗含西岭千秋雪,

门泊东吴万里船。

▶ 注释

窗含:是说由窗往外望西岭,好似嵌在窗框中。

西岭:即成都西南的岷山,其雪常年不化,故云千秋雪。

东吴:指长江下游的江苏一带。成都水路通长江,故云长江万里船。

诵读点拨

　　《绝句四首》创作于唐代宗广德二年(764),杜甫经过了一段较长时间的东川漂流,因为好友严武再次镇蜀而重返成都草堂,他的心情特别舒畅。面对一派生机的春景,不禁欣然命笔,写下了这一组即景小诗。这组小诗就以"绝句"为题,一共四首。这是其中的第三首,也是最著名的一首。

　　"两个黄鹂鸣翠柳",杜甫开篇先写听觉。"两个"说明黄鹂不多,因为不多,显得格外婉转悦耳。"黄鹂""翠柳"这样清亮明丽的颜色给人带来愉悦的感受。"鸣"表现了黄鹂自由自在的状态。这一句描绘的似乎是一幅动态的《黄鹂鸣柳图》,传达出杜甫欢快自在的心情。

　　"一行白鹭上青天",这句所写的是视觉。"一行"表现白鹭很整齐。"白鹭""青天"同样抓住了色彩鲜明的特征。"上"字具有动态感。杜甫抬眼仰视,看到一行白鹭直上青天,白鹭的悠然飘逸使人心情舒畅。

　　这两句对仗也极为工整,"两个"对"一行","黄鹂"对"白鹭","鸣"对"上","翠柳"对"青天",意境非常优美,笔法非常高超。

　　"窗含西岭千秋雪",这是杜甫从窗中取景,对窗外的景物进行描绘。"含"是杜甫凭窗远眺,所见景物就像是镶嵌在窗中的一幅画。"西岭"是成都西南的岷山,岷山山顶的积雪很多,千年不化,所以叫"千秋雪"。同时,"千秋雪"也传达出深厚的历史感。

"门泊东吴万里船",这一句是杜甫从门中取景,透过门看到了停泊的船只。更为有趣的是,这船是往来到"东吴"的"万里船"。"东吴"是指三国时期孙权在今江苏南京建立的政权,国号为吴,因为在东部地区,所以也叫"东吴"。"万里"是说船的行驶距离很远。杜甫所在的成都是长江的上游,东吴在长江的下游,"万里"表现出空间非常广。

后两句的对仗也极为工整,"窗"对"门","含"对"泊","西岭"对"东吴","千秋雪"对"万里船",所描绘的时间之久,空间之广,可以看出杜甫胸襟极为开阔,境界十分高远。

这首诗就像一幅生动的画,读这首诗,要根据诗中描绘的黄鹂、翠柳、白鹭、青天、江水、雪山发挥想象,在脑海中绘制出自己的图画来。

趣读杜甫诗

1. 汉字密码

你来猜一猜,这是《绝句四首(其三)》中的哪个字?

这是诗中的"雪"字。你看,在甲骨文字形中,像不像天空中飘飞着白色羽绒般的小冰晶?

2. 词语对碰

读一读,对一对。请你为下面的词语对对子吧!

黄鹂对(　　　　) 　　翠柳对(　　　　) 　　千秋雪对(　　　　)

3. 我问你答

"两个黄鹂鸣翠柳,一行白鹭上青天。窗含西岭千秋雪,门泊东吴万里船"所描写的季节是?(　　)

A. 春天

B. 秋天

C. 冬天

4. 古诗连线

请你把下面的诗句，按照正确的前后顺序用直线连起来吧！

两个黄鹂　　　　万里船

一行白鹭　　　　千秋雪

窗含西岭　　　　鸣翠柳

门泊东吴　　　　上青天

5. 飞花令

请你以"一"字为令，补全诗句。

①　一　＿＿＿＿＿＿＿＿＿。

②　怎　一　个　愁　字　了　得。

③　＿＿＿　一　＿＿＿＿＿＿。

④　与　君　歌　一　曲。

⑤　＿＿＿＿＿　一　＿＿＿。

⑥　柳　暗　花　明　又　一　村。

⑦　＿＿＿＿＿＿＿＿＿　一。

6. 诗情画意

请你根据这首诗的意境作一幅画吧。

第十四讲 年老感怀

丹青引赠曹将军霸

将军魏武之子孙，于今为庶为清门。

英雄割据虽已矣，文采风流犹尚存。

学书初学卫夫人，但恨无过王右军。

丹青不知老将至，富贵于我如浮云。

开元之中常引见，承恩数上南薰殿。

凌烟功臣少颜色，将军下笔开生面。

良相头上进贤冠，将士腰间大羽箭。

褒公鄂公毛发动，英姿飒爽来酣战。

先帝天马玉花骢，画工如山貌不同。

是日牵来赤墀下，迥立阊阖生长风。

诏谓将军拂绢素，意匠惨淡经营中。

斯须九重真龙出，一洗万古凡马空。

玉花却在御榻上，榻上庭前屹相向。

至尊含笑催赐金，圉人太仆皆惆怅。

弟子韩干早入室，亦能画马穷殊相。

干惟画肉不画骨，忍使骅骝气凋丧。

将军画善盖有神，必逢佳士亦写真。

即今漂泊干戈际，屡貌寻常行路人。

途穷反遭俗眼白，世上未有如公贫。

但看古来盛名下，终日坎壈缠其身。

 注释

丹青：指绘画。

曹将军霸：指曹霸，唐代名画家，以画人物及马著称，颇得唐高宗的宠幸，官至左武卫将军，故

称曹将军。

魏武:指魏武帝曹操。曹霸是曹操曾孙曹髦的后裔,曹髦擅长书画。

清门:即寒门,清贫之家。唐玄宗末年,曹霸因得罪朝廷,被削职免官。

卫夫人:即卫铄,字茂猗。晋代著名的女书法家,擅长隶书。王羲之少年时曾向她学习书法。

王右军:即晋代书法家王羲之,官至右军将军。

引见:皇帝召见臣属。

南薰殿:唐代长安皇宫南内兴庆宫的内殿,唐玄宗的住所。

凌烟:唐太宗为了褒奖文武开国功臣,于贞观十七年(643)命阎立本等在凌烟阁画二十四功臣图。

少颜色:指功臣图像因年久而褪色。

开生面:展现出如生的面貌。

进贤冠:古时朝见皇帝时儒者所戴的一种礼帽,唐代百官皆戴。

褒公鄂公:褒公,即段志玄,封褒国公。鄂公,即尉迟恭,封鄂国公。二人均系唐代开国名将,同为功臣图中的人物。

先帝:指唐玄宗,去世于宝应元年(762)。

玉花骢:唐玄宗所骑的骏马名。

赤墀(chí):也叫丹墀。宫殿前的台阶。

迥(jiǒng):高。

阊(chāng)阖(hé):宫门。

意匠:指画家的立意和构思。

经营:即绘画的"经营位置,结构安排"。这句是说曹霸在画马前经过审慎的酝酿,胸有全局而后落笔作画。

九重:代指皇宫,因天子有九重门。

真龙:古人称马高八尺为龙,这里比喻所画的玉花骢。

圉(yǔ)人:管理御马的官吏。

太仆:管理皇帝车马的官吏。

韩干:唐代名画家。善画人物,更擅长鞍马。他初师曹霸,注重写生,后来自成一家。

穷殊相:极尽各种不同的形姿变化。

盖有神:大概有神明之助,极言曹霸画艺高超。

干戈:战争,指安史之乱。

坎壈(lǎn):穷困,困顿。

诵读点拨

《丹青引赠曹将军霸》创作于唐代宗广德二年(764)。这首诗是赠送给曹霸的,曹霸是盛唐时期著名的画马大师,但是安史之乱之后,生活非常潦倒,四处漂泊。杜甫和曹霸在成都相识,十分同情曹霸的遭遇,于是就写下了这首诗。这首诗也是在杜甫的咏画诗中最负盛名的一首,被称为"古今题画第一手"。诗中以曹霸这位画家的遭遇,展现了安史之乱前后社会的变化,杜甫发出了深沉的感慨。

"将军魏武之子孙,于今为庶为清门。英雄割据虽已矣,文采风流犹尚存。"开头四句交代了曹霸的家世,用简洁的语言,将原本显赫的家世转向衰落这一变化交代出来。曹霸的先祖是曹操,曹操称雄中原的光辉已经成为历史。到了现在,曹霸不再是名门望族,而是沦为了寻常百姓。"庶"就是庶民,普通百姓。"清门"就是寒门。虽然曹霸的家世沦落,但家族当中的"文采风流"仍然被保存了下来。这是统领全篇的四句,起笔雄浑,抑扬起伏。

"学书初学卫夫人,但恨无过王右军。丹青不知老将至,富贵于我如浮云。"这四句是写曹霸学习经历和人品气质。"卫夫人"是晋代有名的女书法家,"王右军"是晋代书法家王羲之。杜甫说,曹霸当初学书法,学的就是卫夫人的书法,学的是名家,说明曹霸很有眼光,也很有志气。遗憾的是,在书法上的成就没有超过王羲之。王羲之的名气大,曹霸以名家对比自己,可见对自我的要求非常高。这说明曹霸是一位善于学习、目标远大的人。后来,曹霸学习绘画。"丹青"就是绘画。曹霸用一生的时间去钻研绘画,不知不觉人就到了老年。这就是"丹青不知老将至"。曹霸不仅在艺术上有追求,而且人品也很高尚,"富贵于我如浮云",功名富贵,在他的眼里就像过往的云烟一样淡薄。其实,也正是不求名利,才能够潜心追求艺术创作。这为下文做了铺垫。

"开元之中常引见,承恩数上南薰殿。凌烟功臣少颜色,将军下笔开生面。良相头上进贤冠,将士腰间大羽箭。褒公鄂公毛发动,英姿飒爽来酣战。"这八句是高度赞扬曹霸在人物画上的辉煌成就。在唐玄宗开元年间,唐玄宗经常召见曹霸,请他入官作画。"数"在这里是屡次、多次的意思。"南薰殿"是唐玄宗的官殿。在那时候,曹霸参与过一次大事,就是修缮凌烟阁,为已经褪色的人物画重

新摹画。在贞观十七年(643)二月,唐太宗李世民为怀念当初一同打天下的众位功臣(当时已有数位辞世,还活着的也多年迈),命阎立本在凌烟阁内描绘了二十四位功臣的图像,图像都是真人大小,唐太宗时常前往凌烟阁怀旧。到了唐玄宗时期,有些画已经年久褪色,曹霸就重新绘画。"下笔开生面"是赞扬曹霸画的人物非常生动,而又有所创新,后来演变成成语"别开生面"。为了说明曹霸的人物很生动,后面就开始从细节上举例了。这些细节就是良相头上的冠、将士腰中的剑,一个是相,一个是将,抓住了两类人物的特点。然后,用褒公、鄂公这两幅最有特色的画为例,说他们的发毛都像在动,英姿飒爽,仿佛在厮杀酣战。杜甫没有一一列举,而是有所重点地举例,赞扬了曹霸的人物画形神兼备、气韵生动的特点,说明曹霸具有极高的绘画水平。

"先帝天马玉花骢,画工如山貌不同。是日牵来赤墀下,迥立阊阖生长风。诏谓将军拂绢素,意匠惨淡经营中。斯须九重真龙出,一洗万古凡马空。"前面写人物画还只是衬托之笔,这八句所写的画马才是重点,这是描写了画"玉花骢"的过程。"先帝",对当时的杜甫来说,是指已经去世的唐玄宗。唐玄宗有一匹良马,是"玉花骢"。唐玄宗请了很多画师来画玉花骢,但是画来画去,都画得不像。杜甫先写了画马之难。有一天,玉花骢被牵到宫殿赤墀的下面,它站立在宫门外,昂首挺胸,气宇轩昂。"生长风"是说玉花骢雄峻神气,是对玉花骢精神的描写。唐玄宗就命令曹霸展开绢素,把玉花骢画下来。曹霸是怎么画的呢?"意匠",是写曹霸在立意和构思,先思考怎么画。"惨淡"是说曹霸费心良苦。"经营"是绘画的经营位置、结构安排。"意匠惨淡经营中"是说曹霸在画玉花骢之前,经过非常细致的构思,做到胸有成竹再落笔作画。构思完毕,杜甫没有具体写曹霸画马的过程,而是来写结果:"斯须九重真龙出,一洗万古凡马空"。"斯须"就是一会儿,片刻,说明画马的速度很快。"九重"指的是皇宫,因为皇宫有九重宫门。"真龙"是对马的称呼,这里指的就是玉花骢。杜甫说,曹霸片刻之间便把玉花骢画了出来,一气呵成。"出"字说明了画上的马似乎一跃而出的样子,把马画得非常逼真,形神兼备。"一洗万古凡马空",是说古往今来,所有的马在这匹马面前都相形失色,用别的马为曹霸画的马做了有力的陪衬。这八句重点描摹曹霸画马的神妙,也表达了杜甫对曹霸热烈的赞美,叶燮《原诗》评价这几句是"连峰互映,万笏凌霄,是中峰绝顶处"。

"玉花却在御榻上,榻上庭前屹相向。至尊含笑催赐金,圉人太仆皆惆怅。弟子韩干早入室,亦能画马穷殊相。干惟画肉不画骨,忍使骅骝气凋丧。"这八句写出了画上的马的艺术魅力。"御榻"是皇帝的榻,凡是皇帝使用的东西都称为"御"。曹霸画的玉花骢放在皇帝的榻上,榻上的马画和庭前的真马屹立相对,简直无法辨别哪个是画的,哪个是真的。马画得简直可以以画乱真了!大家看了之后,有不同的表现。"至尊"就是皇帝。皇帝笑着催促手下的人赶紧给曹霸赏赐黄金,皇帝非常高兴,说明马画得气宇轩昂,堪称神品。而左右的人们呢?"圉人"是管理御马的官吏,对马非常熟悉。"太仆"是管理皇帝车马的官吏,也是整天跟马打交道。这句中的"惆怅"并不是失意伤感的意思,而是非常惊叹的意思。连最熟悉马的人都这么惊讶,可见曹霸的画技有多么高超了。接着,杜甫笔锋一转,用曹霸的弟子韩干来进行反衬,韩干画马也特别有名。杜甫说,韩干画的马也有很多不凡的画作,但是韩干只知道画马的肉,不会画马的气骨。"骅骝"是指赤红色的骏马,是周穆王的"八骏"之一,常常指代骏马。就连这样的好马,都被韩干画得形体肥壮,没有生气,比较颓废。这说明曹霸的画技无人能及,也说明曹霸喜欢气骨峥嵘、瘦硬传神的马,这是用赏识人才的眼光去画马的。从曹霸所画的马的精神上说,杜甫诗赞扬曹霸这个人是有气骨、有胆识的人,通过画马赞扬曹霸。

"将军画善盖有神,必逢佳士亦写真。即今漂泊干戈际,屡貌寻常行路人。途穷反遭俗眼白,世上未有如公贫。但看古来盛名下,终日坎壈缠其身。"前面八句中,杜甫以浓墨重彩的笔调描写曹霸在唐玄宗召见下在宫廷中画马的盛况。最后这八句,以苍凉的笔调感叹曹霸流落民间的落魄境遇。"将军善画盖有神,必逢佳士亦写真",是说曹霸画技高超,能画出事物的神韵。曹霸画画也是有所选择的,不是随意都给谁画的,他只有遇到真名士才愿意为他作画。什么叫"真名士"呢?是有一定骨气的,不看重功名利禄的,活得潇洒的,有大情怀的。这样的一代画马宗师,却生不逢时,遭遇了安史之乱,并因为战乱而颠沛流离,四处漂泊。曹霸甚至为过路的行人画像,"貌"在这里是写真,画像的意思。为什么要为行人画像呢?因为他要生存,他不得不靠卖画为生,这多么令人悲痛!曾经在皇宫之中为皇帝画画,而如今,沦落街头,靠卖画为生。"途穷反遭俗眼白,世上未

有如公贫",是说曹霸走投无路了,反而遭到世俗的轻视,他的生活如此穷苦,恐怕世上都没有人比他更贫困了。杜甫对曹霸的生活非常同情,因为杜甫的穷困生活和曹霸的心酸遭遇十分相似,所以心中才有共鸣。最后,杜甫为曹霸大声疾呼:"但看古来盛名下,终日坎壈缠其身。"自古以来负有盛名的人,往往都是时运不济,穷困缠身啊!"坎壈"就是穷困、困顿。这既是对曹霸的安慰,也是对自我的安慰,更是对社会世态炎凉的感叹。

清施补华《岘佣说诗》评论这首诗说:"画人是宾,画马是主。却从善书引起善画,从画人引起画马,又用韩干之画肉,垫将军之画骨,末后搭到画人,章法错综绝妙。"评价非常中肯。杜甫热情地为画家曹霸立传,以诗摹写画意,评画论画,诗画结合,富有浓郁的诗情画意,把深邃的现实主义画论和诗传体的特写融为一体,具有独特的美学意义。

趣读杜甫诗

1. 汉字密码

你来猜一猜,这是《丹青引赠曹将军霸》中的哪个字?

这是诗中的"牵"字。↓表示牛,━表示一个环圈,₰表示绳子。"牵"这个字就表示将绳子系在牛鼻子上拉着牛。

2. 词语对碰

读一读,对一对。请你为下面的词语对对子吧!

良相对(　　　　)　　头上对(　　　　)　　玉花骢对(　　　　　　)

3. 我问你答

"将军魏武之子孙,于今为庶为清门"中的"魏武"指的是谁?(　　　)

A. 曹操

B. 曹髦

C. 曹霸

4. 古诗连线

请你把下面的诗句,按照正确的前后顺序用直线连起来吧!

丹青不知老将至　　　　忍使骅骝气凋丧

凌烟功臣少颜色　　　　富贵于我如浮云

干惟画肉不画骨　　　　将军下笔开生面

即今漂泊干戈际　　　　屡貌寻常行路人

5. 飞花令

请你以"中"字为令,补全诗句。

① 中 _____。

② 云 中 谁 寄 锦 书 来 。

③ _____ 中 _____。

④ 爆 竹 声 中 一 岁 除 。

⑤ _____ 中 _____。

⑥ 不 知 转 入 此 中 来 。

⑦ _____ 中 。

6. 读诗写文

你都了解哪些有名的画家呢? 请你搜集有关中外著名画家的资料,和小伙伴一起做一张"走进著名画家"主题小报吧!

旅夜书怀

细草微风岸，危樯独夜舟。

星垂平野阔，月涌大江流。

名岂文章著，官应老病休。

飘飘何所似，天地一沙鸥。

▶ 注释

书怀：书写胸中意绪。

危樯：高高的船桅杆。

名：名声。

文章著：因文章而著名。

应：认为是，是。

诵读点拨

《旅夜书怀》大约创作于唐代宗永泰元年(765)。这一年的正月，杜甫辞去了节度参谋职务，返回成都草堂居住。四月，杜甫的好友严武去世了，杜甫在成都失去了依靠，就带着家人由成都乘舟东下，经嘉州(今四川乐山)、榆州(今重庆市)至忠州(今四川忠县)。这首诗就创作于去忠州的旅途上。这首诗描写了杜甫旅途所见，也抒发了杜甫感伤老年多病、漂泊无依的心境。

"细草微风岸，危樯独夜舟。"诗的首联写江夜的近景：微风吹拂着江岸上的细草，桅杆高高的船儿孤独地停泊着。杜甫并不是空泛地写景，他所写的景色当中包含着自己的情感。这时候杜甫的好友严武去世了，他在凄凉无依的情况下离开成都，这样漂泊的命运就像"细草"一样渺小，就像孤舟一样孤独。古诗词中"草"的意象比较丰富，"离离原上草，一岁一枯荣。野火烧不尽，春风吹又生"表现的是顽强的生命力，"离恨恰如春草，更行更远还生"表现的是游子的乡思离情，"国破山河在，城春草木深"描写的是荒凉的景象，抒发了国家盛衰

108

兴亡的感慨。而这句诗中的"细草"表现的是自身地位的渺小卑微，是杜甫内心的写照。

"星垂平野阔，月涌大江流。"诗的颔联写的是远景，景象非常雄浑阔大。明星低垂，平野广阔；月随波涌，大江东流。"星垂"烘托出了原野的广阔无边，"月涌"渲染出了大江东流的奔腾气势。这一联是被人们极为赞颂的诗句。杜甫写低垂的明星、辽阔的平野、皎洁的明月、东流的江水，将自己置身于如此宏大辽阔的情境之中，实际上恰恰反映了杜甫渺小而孤苦的形象。"星垂平野"，这是宇宙的永恒不变，"月涌江流"，这是时间的一去不返。在这样永恒的空间与流逝的时间之中，细草、孤舟都显得那么渺小，那么卑微。于是，杜甫就联想到了自己，自己不也是如此孤苦，如此凄凉吗？所以，明代郭濬评论说，这一联"语壮远，意实凄冷"。

"名岂文章著，官应老病休。"诗的颈联开始"书怀"，开始书写心中的感怀。这一联写的是杜甫由所见的景物联想到自己的遭遇，他说，自己有点名声，哪里是因为文章做得好呢？自己的官职，倒是因为年老多病而不做了。这是杜甫说的反话，杜甫一直有远大的政治抱负，但是却得不到施展。他所追求的不是写好文章而流芳百世，而是通过做官来实现理想，安邦定国，经世济时，但是他的出名恰恰是因为文章写得好，因为做官反而被排挤。这两句表现了杜甫心中的不平，道出了他漂泊、孤独的根本原因。

"飘飘何所似，天地一沙鸥。"在尾联中，杜甫面对江边夜景，感慨悲凉身世，不由得发出感叹。他说，自己飘然一身，到底像什么呢？只不过像天地之间一只沙鸥罢了。这里的"沙鸥"，是孤独无依的，因为是天地之间的"一"。沙鸥随着季节迁徙，漂泊不定，就好比杜甫时常辗转各处。这里的"沙鸥"蕴含着极大的凄凉与孤独，是和杜甫的坎坷命运、人生历程紧密联系在一起的。杜甫在《去蜀》中就说："万事已黄发，残生随白鸥。"面对国家战乱的局势，知己严武的去世，杜甫意识到自己将要在漂泊中度过余生。所以，这"天地一沙鸥"是多么无奈的感叹啊！

这首诗前两联点明"旅夜"，后两联紧扣"书怀"，景中有情，融情于景。在这首诗中，杜甫塑造了一个独立于天地之间的漂泊者形象，营造了深沉而凝重的孤独感，这也正是杜甫身世际遇的写照。

趣读杜甫诗

1. 汉字密码

你来猜一猜,这是《旅夜书怀》中的哪个字?

这是诗中的"垂"字。你看,在甲骨文字形中,像不像树枝的末端结着果子,它们坠向地面的样子?

2. 词语对碰

读一读,对一对。请你为下面的词语对对子吧!

细草对(　　　)　　　平野对(　　　)　　　阔对(　　　)

3. 我问你答

"星垂平野阔,月(　　)大江流"中应填入的字是?(　　　)

A. 照

B. 傍

C. 涌

4. 古诗连线

请你把下面的诗句,按照正确的前后顺序用直线连起来吧!

细草微风岸　　　危樯独夜舟

星垂平野阔　　　官应老病休

名岂文章著　　　月涌大江流

飘飘何所似　　　天地一沙鸥

5. 飞花令

请你以"地"字为令,补全诗句。

① 地 _____。

② 卷 地 风 来 忽 吹 散 。

③ _____ 地 _____。

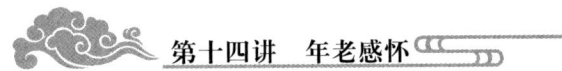

④ 蒌 蒿 满 地 芦 芽 短 。

⑤ _____ _____ 地 _____ 。

⑥ 鸿 雁 那 从 北 地 来 。

⑦ _____ _____ 地 。

6. 诗情画意

请你根据诗中"星垂平野阔，月涌大江流"的意境作一幅画吧。

第十五讲　夔州怀古

八阵图

功盖三分国，

名成八阵图。

江流石不转，

遗恨失吞吴。

▶ 注释

八阵图：由八种阵势组成的图形，用来操练军队或作战。

三分国：指三国时魏、蜀、吴三国。

石不转：指涨水时，八阵图的石块仍然不动。

失吞吴：是吞吴失策的意思。

诵读点拨

《八阵图》创作于唐代宗大历元年（766）。这一年的夏天，杜甫迁居到了夔州。夔州有诸葛武侯庙，江边有八阵图，传说八阵图为三国时诸葛亮在夔州江滩所设。向来景仰诸葛亮的杜甫用了许多笔墨记咏古迹抒发情怀。《八阵图》便是其中一首。诗中赞颂了诸葛亮的丰功伟绩，也对诸葛亮联吴抗曹统一中国的宏图大业不能实现而表示惋惜。

"功盖三分国"。"盖"是超过的意思。"三分国"是指魏、蜀、吴三国。第一句是从总的方面赞颂诸葛亮的丰功伟绩。杜甫在漂泊西南期间，写下了许多咏怀古迹的诗篇，而对诸葛亮则情有独钟，杜甫对诸葛亮充满了崇敬之情，也流露着惋惜之心。他说，诸葛亮的功业在魏蜀吴三分天下、鼎足而立的时候，是最为卓越的。刘备三顾茅庐，请诸葛亮辅佐，诸葛亮鞠躬尽瘁，死而后已，辅佐刘备从无到有地创建蜀国基业。他的功劳在三国群臣当中是最卓越、最杰出的，没有人能和他相比。杜甫对诸葛亮这一高度概括的赞语，比较客观地反映了三国时代的历史真实。

　　"名成八阵图",是赞扬诸葛亮的军事才能。杜甫说,诸葛亮创制八阵图,是最值得称道的功绩,也是诸葛亮成名的原因。相传,诸葛亮入川时曾布过"八阵图"。八阵图垒石为阵,纵横皆八,八八六十四垒,外游兵二十四垒,垒高五尺,相去若九尺,广六尺。此阵变化万端,可挡十万精兵。后来陆逊误闯进来,差点困死在阵中。八阵图常被古人赞颂。成都武侯祠中的碑刻上写道:"一统经纶志未酬,布阵有图诚妙略。""江上阵图犹布列,蜀中相业有辉光。"

　　"江流石不转",八阵图在长江上游,数百年来,任凭江流如何冲击,石头却没有动过,始终保持原来的样子。杜甫写出了八阵图的神奇色彩,在他看来,这种神奇是和诸葛亮的精神相统一的。"石不转",表明诸葛亮对蜀汉统一中原的大业忠贞不贰,他的精神像磐石一样无法动摇。

　　"遗恨失吞吴"。然而八阵图的存在,又让杜甫对诸葛亮产生了惋惜之情。所以,在诗的最后,杜甫发出感慨:令人遗憾的是刘备失策想吞灭吴国。诸葛亮主张联吴抗曹的战略,刘备却因要为关羽报仇,讨伐东吴,结果失败了。《读杜心解》中说,八阵图"正当控扼东吴之口,故假石以寄其婉惜"。所以,诗的最后,由八阵图引出了"失吞吴"的千古遗恨。

　　《八阵图》借咏史表达对诸葛亮的惋惜,将议论写入诗中,把怀古和抒怀融合在了一起。在杜甫惋惜诸葛亮的同时,也包含着对自己年老无成的感慨。

趣读杜甫诗

1.汉字密码

　　你来猜一猜,这是《八阵图》中的哪个字?

　　这是诗中的"遗"字。"遗"是一个会意字,左边的部分是"彳",表示前行;右上角的部分表示双手捧着;右下角的部分是"贝",表示贵重的东西。"遗"的本义是双手捧着有价值的好东西去赠送给他人,这个含义在古文中的读音是"wèi"。后来又有了"留下""丢失"的含义,读作

"yí"。诗中读作"yí",是"留下"的意思。

2. 词语对碰

读一读,对一对。请你为下面的词语对对子吧!

功对(　　　　) 　江流对(　　　　) 　三分国对(　　　　)

3. 我问你答

"功盖三分国,名成八阵图"赞扬的是哪一位历史人物?(　　　)

A. 周瑜

B. 诸葛亮

C. 曹操

4. 古诗连线

请你把下面的诗句,按照正确的前后顺序用直线连起来吧!

功盖　　　　　　八阵图

名成　　　　　　失吞吴

江流　　　　　　三分国

遗恨　　　　　　石不转

5. 飞花令

请你以"恨"字为令,补全诗句。

① 恨 ＿＿＿＿＿＿＿＿＿＿。

② 此 恨 绵 绵 无 绝 期。

③ ＿＿＿＿ 恨 ＿＿＿＿＿＿。

④ 艰 难 苦 恨 繁 霜 鬓。

⑤ ＿＿＿＿＿＿ 恨 ＿＿＿。

⑥ 别 有 幽 愁 暗 恨 生。

⑦ ＿＿＿＿＿＿＿＿ 恨 。

6. 读诗写文

　　请你搜集有关三国故事的资料，和小伙伴一起做一张"三国英雄"主题小报吧！

古柏行

孔明庙前有老柏，柯如青铜根如石。

霜皮溜雨四十围，黛色参天二千尺。

君臣已与时际会，树木犹为人爱惜。

云来气接巫峡长，月出塞通雪山白。

忆昨路绕锦亭东，先主武侯同閟宫。

崔嵬枝干郊原古，窈窕丹青户牖空。

落落盘踞虽得地，冥冥孤高多烈风。

扶持自是神明力，正直原因造化功。

大厦如倾要梁栋，万牛回首丘山重。

不露文章世已惊，未辞翦伐谁能送？

苦心岂免容蝼蚁，香叶终经宿鸾凤。

志士幽人莫怨嗟：古来材大难为用。

 **注释**

柯：枝柯。

霜皮：一作"苍皮"，形容皮色的苍白。

溜雨：形容皮的光滑。

四十围：四十人合抱。

先主：指刘备。

閟宫：即祠庙。

窈窕：深邃的样子。

落落：出群的样子。

冥冥：高空的颜色。

不露文章：指古柏没有花叶之美。

苦心：柏心味苦，故曰苦心。

香叶：柏叶有香气，故曰香叶。

诵读点拨

《古柏行》创作于唐代宗大历元年(766)。杜甫年轻时有着"致君尧舜上，再使风俗淳"的远大理想，但是一生都郁郁不得志，到处漂泊。这是杜甫在夔州时，对夔州武侯庙前古柏的咏叹之作。这首诗借赞久经风霜、挺立寒空的古柏，来颂扬雄才大略、耿耿忠心的诸葛亮，表现了诗人对诸葛亮的崇敬之情。同时，这首诗也抒发了杜甫壮志难酬的悲愤之情。

"孔明庙前有老柏，柯如青铜根如石。霜皮溜雨四十围，黛色参天二千尺。"开头四句写的是老柏的样子。它生长在孔明的庙前，它的枝干像青铜，树根像磐石。通过对树干的描写，表现出老柏的树枝和树根的坚挺结实。接着，又写老柏的皮。"霜皮"形容树皮颜色的苍白。"溜雨"形容树皮十分光滑。"黛色"是说老柏树皮的颜色是青黑色。"四十围"是四十个人合抱，表现树干非常粗。"参天""二千尺"是说老柏的高大。映入眼帘的老柏如此坚挺，如此高大，为下文描写其精神做了铺垫。

"君臣已与时际会，树木犹为人爱惜。云来气接巫峡长，月出塞通雪山白。""君臣"指的是刘备和诸葛亮。"际会"是相遇的意思。历史上，刘备和诸葛亮风云际会，成为君臣佳话，他们都爱惜百姓。百姓也仰慕诸葛亮，对诸葛亮庙前的老柏格外爱惜。一直到杜甫那个时代，老柏受到了历代百姓的呵护。也正因为如此，老柏才生长得如此高大。这样高大的老柏"接""通"着整个蜀地，它的气象在蜀国的各处都能被感知。"巫峡"是蜀国的东界，"雪山"是蜀国的西界。"云来气接巫峡长，月出塞通雪山白"表现的是蜀国的百姓与诸葛亮的精神象征——老柏之间的情感之深厚。

"忆昨路绕锦亭东，先主武侯同閟宫。崔嵬枝干郊原古，窈窕丹青户牖空。落落盘踞虽得地，冥冥孤高多烈风。扶持自是神明力，正直原因造化功。"这八句将笔锋一转，由夔州武侯庙前的古柏联想到成都武侯庙前的柏树。杜甫前一年才刚刚离开成都，所以他说"忆昨"。杜甫的成都草堂紧靠着锦江，草堂中有亭，就是诗中的"锦亭"。成都武侯祠在亭东，杜甫曾经去游览过。成都的武侯祠是

在先主刘备的庙里。"閟宫"就是祠庙的意思。所以说"先主武侯同閟宫"。那里的柏树长得怎样呢?"崔嵬枝干郊原古,窈窕丹青户牖空。""崔嵬"是指柏树非常高大。因为生在郊原,地理位置比较好,柏树长得非常高大。"古"是有古朴厚重的气质。"窈窕"是深邃的样子。"丹青"指的绘画。"户牖空"是说门窗都空落无人。这是怎样的环境呢?是说成都的庙宇很幽深,很安静,没有人打扰。接着就写夔州武侯庙前的古柏,通过与成都的对比,显得眼前的环境极为恶劣。"落落"是出群的样子。因为这棵老柏生长在孔明的庙前,百姓十分爱惜,所以叫"得地"。"冥冥"是高空的颜色。这棵古柏虽然盘踞得地,但是在高山之上,必定多招烈风,经常为烈风所撼。那为什么老柏还生长得如此坚挺高大呢?杜甫把它归结为"扶持自是神明力,正直原因造化功"。老柏不为烈风所拨,似乎是神灵在呵护它,所以叫"神明力"。而老柏天性正直,所以叫"造化功"。从而让人们感受到老柏正直不屈、不畏风霜的品质。杜甫在赞赏武侯庙前老柏的同时,也在感叹自己的境遇。

"大厦如倾要梁栋,万牛回首丘山重。不露文章世已惊,未辞翦伐谁能送?苦心岂免容蝼蚁,香叶终经宿鸾凤。志士幽人莫怨嗟:古来材大难为用。"老柏有如此高的品行,应该被重用才是啊!大厦将要倾倒,古柏正好可以作为栋梁啊!可是,这古柏重如大山,万头牛都拉不动。"不露文章"是指古柏没有花叶之美,不自我炫耀。同时也"未辞翦伐",不害怕牺牲。这里有着杜甫自己的影子。古柏不知炫耀,所以叫"不露文章"。古柏可做栋梁,所以叫"未辞剪伐"。对于杜甫自己来说,就是不怕牺牲,他渴望被重用,渴望成为"栋梁"。诗中的"送",对于老柏来说,就是被移送;对于杜甫来说,是被保送或推荐。可是,最终还是难以为用。"苦心"是指柏心味苦。"香叶"是指柏叶有香气。"苦心岂免容蝼蚁,香叶终经宿鸾凤"的意思是,它虽有苦心,但也难免遭受蝼蚁的侵蚀,它的树叶有着芳香,也曾经招来鸾凤。而杜甫的怀才不遇正像这古柏一样。所以,在诗的最后,杜甫感慨道:"自古以来,大材都难被重用。"

这首诗借古柏的形象来抒发杜甫自己的感叹,他感叹自己虽然像古柏一样朴实无华,正直不屈,也愿意奉献,但是却没有人能把他推荐出去。尤其是在"大厦如倾"的战乱时代,杜甫只能发出"古来材大难为用"的感叹了。

趣读杜甫诗

1. 汉字密码

你来猜一猜,这是《古柏行》中的哪个字?

这是诗中的"叶"字。你看,在甲骨文字形中,像不像树枝上的

叶片?

2. 词语对碰

读一读,对一对。请你为下面的词语对对子吧!

云对(　　　　)　　　巫峡对(　　　　)　　　四十围对(　　　　)

3. 我问你答

"霜皮溜雨四十围,黛色参天二千尺"中的"黛色"指的是哪种颜色?(　　　)

A. 青黑色

B. 墨绿色

C. 深蓝色

4. 古诗连线

请你把下面的诗句,按照正确的前后顺序用直线连起来吧!

霜皮溜雨四十围　　　　冥冥孤高多烈风

云来气接巫峡长　　　　月出寒通雪山白

落落盘踞虽得地　　　　黛色参天二千尺

苦心岂免容蝼蚁　　　　香叶终经宿鸾凤

5. 飞花令

请你以"气"字为令,补全诗句。

① 气 _____。

② 天 气 晚 来 秋 。

③ _____ 气 _____。

④ 只 留 清 气 满 乾 坤。

⑤ ＿＿＿＿＿＿＿ 气 ＿＿＿＿。

⑥ 今 夜 偏 知 春 气 暖。

⑦ ＿＿＿＿＿＿＿＿＿＿ 气 。

6. 诗情画意

请你根据诗中"孔明庙前有老柏,柯如青铜根如石。霜皮溜雨四十围,黛色参天二千尺"的意境画一幅柏树图吧。

第十六讲　古迹咏怀

咏怀古迹五首(其二)

摇落深知宋玉悲，风流儒雅亦吾师。

怅望千秋一洒泪，萧条异代不同时。

江山故宅空文藻，云雨荒台岂梦思。

最是楚宫俱泯灭，舟人指点到今疑。

▶ 注释

摇落：凋残，零落。

风流儒雅：指宋玉文采华丽潇洒，学养深厚渊博。

故宅：江陵和归州(秭归)均有宋玉宅，此指秭归之宅。

云雨荒台：宋玉在《高唐赋》中述楚之"先王"游高唐，梦一妇人，自称巫山之女，临别时说："妾在巫山之阳，高丘之岨，旦为行云，暮为行雨，朝朝暮暮，阳台之下。"阳台，山名，在今重庆市巫山县。

诵读点拨

　　《咏怀古迹五首》创作于唐代宗大历元年(766)，杜甫从夔州出三峡，到江陵，先后游历了宋玉宅、庾信古居、昭君村、永安宫、先主庙、武侯祠等古迹，对于古代的才士、国色、英雄、名相，深表崇敬，写下了这组诗。这五首诗分别吟咏了庾信、宋玉、王昭君、刘备、诸葛亮等人，赞颂了五位历史人物的文章学问、心性品德、伟绩功勋，并对这些历史人物凄凉的身世、壮志未酬的人生表示了深切的同情，同时也寄寓了自己仕途失意、颠沛流离的身世之感，抒发了自身的理想、感慨和悲哀。本节选取的是其中的第二首，赞颂的是宋玉。宋玉，又名子渊，是战国后期楚鄢郢人(今湖北宜城)。他才华超群，是屈原之后最杰出的楚辞作家。

　　"摇落深知宋玉悲，风流儒雅亦吾师。"杜甫写这首诗的时候正是秋天。"摇落深知宋玉悲"这句诗是有典故的，宋玉在《九辩》中有了悲秋的发端："悲哉！秋

之为气也。萧瑟兮！草木摇落而变衰。"说的是秋天的气息是多么让人感到悲伤啊！树叶飘落，绿草枯萎，是多么萧瑟的景色啊！秋天的萧条引起了诗人心中的悲伤，这是中国人伤春悲秋的传统。杜甫在当时也产生了悲秋之情。"风流儒雅亦吾师"是对宋玉的赞颂。"风流儒雅"是说宋玉的文采华丽潇洒，学养深厚渊博。杜甫说，自己也可算作师承宋玉。

"怅望千秋一洒泪，萧条异代不同时。"这两句紧接着上两句。杜甫和宋玉相隔千年，他们所处的朝代不同，无法面对面交流。面对秋天的萧条，也只有洒泪而已。而诗中的"萧条"一方面是指秋天萧瑟的景象，另一方面也代表了杜甫所处的社会环境的萧条不堪，自己的惆怅不得志。他瞻仰着宋玉的遗迹，想到宋玉出身寒微，在仕途上颇不得志，不禁感慨落泪。杜甫把自己的忧伤寄托于对宋玉怀才不遇的感叹，显得更加寂寞悲凉。

"江山故宅空文藻，云雨荒台岂梦思。"在这大好江山之中，还保存着宋玉的旧宅。但是人们只欣赏宋玉华丽的文采辞藻，却不了解宋玉远大的抱负。这不符合宋玉的本心，也让杜甫觉得很不公平。"空"字所传达的是一种令人惘然的失落感。"云雨荒台"出自宋玉的《高唐赋》，宋玉的本意是讽谏楚顷襄王，却被人误解成是梦中的相思。"岂"表达了杜甫强烈的不满。

"最是楚宫俱泯灭，舟人指点到今疑。"随着历史的变迁，楚国的宫殿和宋玉诗中的"云雨荒台"全都荡然无存了，人们不再关心它的兴亡。只有过往的船家在经过巫山巫峡的时候，船夫们会津津乐道，指指点点，谈论着哪个山峰荒台是楚王神女相会的地方。

杜甫沿着长江出蜀，漂泊在水上，旅居在舟中，加上年老多病，生计窘迫，日子过得十分萧条，心中的情绪也不太好。本来他没有心思欣赏风景，却因为宋玉的遗迹触发了心中的悲慨，于是洒泪赋诗。诗中所传达的另一种思考是，随着时间的流逝，一切的遗迹都可能荡然无存，但是好的文章却可以在千年之后与人沟通，成为后世永恒的话题。

趣读杜甫诗

1. 汉字密码

你来猜一猜,这是《咏怀古迹五首(其二)》中的哪个字?

这是诗中的"洒"字。"洒"字左边的部分表示水;右边的部分是"西"字,表示绳线系扎的布包。古人扫地时,为了防止灰尘飞舞,用棉布团吸水,然后甩动到地上,称为"洒"。

2. 词语对碰

读一读,对一对。请你为下面的词语对对子吧!

江山对( )　　千秋对( )　　舟人对( )

3. 我问你答

"遥落深知宋玉悲,风流儒雅亦吾师"中哪一个字是错误的?( )

A. 遥——摇

B. 儒——孺

C. 吾——余

4. 古诗连线

请你把下面的诗句,按照正确的前后顺序用直线连起来吧!

摇落深知宋玉悲　　　　舟人指点到今疑

怅望千秋一洒泪　　　　云雨荒台岂梦思

江山故宅空文藻　　　　风流儒雅亦吾师

最是楚宫俱泯灭　　　　萧条异代不同时

5. 飞花令

请你以"望"字为令,补全诗句。

① 望 ＿＿＿＿＿＿＿＿＿＿。

② 遥望洞庭山水翠。

③ _____ 望 _____ 。

④ 故 园 东 望 路 漫 漫 。

⑤ _____ 望 _____ 。

⑥ 不 畏 浮 云 遮 望 眼 。

⑦ _____ 望 。

6. 读诗写文

请去你家乡附近的历史名胜游览,了解其中的历史故事,写一份"身边的历史名胜"小调查吧!

_____

_____

_____

_____

_____

_____

_____

_____

_____

_____

_____

_____

_____

_____

咏怀古迹五首（其三）

群山万壑赴荆门，生长明妃尚有村。
一去紫台连朔漠，独留青冢向黄昏。
画图省识春风面，环佩空归夜月魂。
千载琵琶作胡语，分明怨恨曲中论。

▶ 注释

荆门：山名，在今湖北宜都西北。

明妃：指王昭君。

紫台：指紫宫，帝王所居之处。

省识：略识。

春风面：形容王昭君的美貌。

怨恨曲中论（lún）：乐曲中诉说着昭君的怨恨。

诵读点拨

　　这是《咏怀古迹五首》中的第三首，吟咏的对象是王昭君。杜甫借咏昭君村、怀念王昭君来抒写自己的怀抱。诗中表达了自己对王昭君深切的同情，也表现了王昭君对故国的思念与怨恨，赞美了王昭君虽然去世，但是魂魄还要归来的精神，其中寄托着杜甫自己的漂泊身世和爱国之情。

　　"群山万壑赴荆门，生长明妃尚有村。""明妃"就是王昭君，名嫱，是西汉元帝后宫的宫女。后来嫁给匈奴呼韩邪单于。湖北秭归县有昭君村，和巫峡相连。开篇两句，就交代了王昭君出生的地方，而且写得非常有气势。群山万壑都奔赴荆门，这个"赴"字把群山万壑写得栩栩如生，动态十足，似乎它们都在赶赴荆门一样。接着，就说这是王昭君生长的村庄。把王昭君这位绝色红颜的出场，渲染得气势磅礴。

　　"一去紫台连朔漠，独留青冢向黄昏。""去"就是离开。"紫台"是帝王居住的

宫殿。"青冢"是王昭君的墓冢，周围长满了青草，所以叫"青冢"。而"紫台"与"青冢"也有着颜色上的对照。这两句是说王昭君离开汉朝的宫殿，去了大漠和亲。最终，只剩下青冢孤独地对着黄昏。杜甫用简短而有力的笔触，写尽了王昭君的一生。"连"字写出了王昭君出塞时面对的茫茫大漠景象。"向"字道出了王昭君心中对汉朝的思念之情。"独留青冢向黄昏"营造了一种广大而沉重的情感。前两句写的是王昭君人生的起点，这两句写的是王昭君生命的终点。

"画图省识春风面，环佩空归月夜魂。"根据《西京杂记》记载，汉元帝后宫的宫女很多，元帝就让画工画像，元帝根据画像召见。宫女们为了见到皇帝，都贿赂画工，但是王昭君不肯行贿。于是，画工就将王昭君画丑了，王昭君就得不到皇帝的召见。后来，匈奴来朝，求美人为妻，汉元帝就将王昭君嫁出去了。等王昭君离宫时，汉元帝才召见她，却发现王昭君的容貌是后宫第一的，感到非常后悔。汉元帝追查画工，将画工毛延寿处以死刑。杜甫把这段故事用在诗中，说汉元帝只看画像，不看王昭君本人，这是对王昭君的惋惜。也正是因为汉元帝"画图省识春风面"，才造成王昭君葬身塞外的悲剧。杜甫接着想象王昭君的魂魄会在月夜归来，表现王昭君对故乡故国的思念，虽然骸骨葬于青冢，但是灵魂还会归来。而"空归"道出了这种想象是徒劳的，是惘然的，包含着杜甫对王昭君身世的同情。

"千载琵琶作胡语，分明怨恨曲中论。"只有千年流传的琵琶曲《昭君怨》，分明是在诉说她无尽的怨恨啊！琵琶本是从西域传入中国的乐器，经常弹奏的是胡音胡调的塞外之曲。后来许多人同情王昭君，又写了《昭君怨》《王明君》等琵琶乐曲，于是琵琶和王昭君在诗歌里就密切难分了，而王昭君和琵琶的形象永恒地结合在了一起。这两句写出了王昭君的"怨恨"，她的怨恨包含着汉元帝"画图省识春风面"的无情，更包含着远嫁异域的女子对故土的怀念。

杜甫非常郑重地写王昭君，因为杜甫当时正是"飘泊西南天地间"，远离自己的故乡，处境和王昭君相似。而中国古诗中往往以美人比喻君子，杜甫咏叹王昭君，也象征着自己被埋没于草野的命运。正如明王嗣奭《杜臆》中所说："因昭君村而悲其人。昭君有国色，而入宫见妒；公亦国士，而入朝见嫉：正相似也。"

趣读杜甫诗

1. 汉字密码

　　你来猜一猜,这个甲骨文是《咏怀古迹五首(其三)》中的哪个字?

　　这是诗中的"去"字。在甲骨文字形中,上边的部分表示人,下边的部分表示村邑。"去"字表示离开住地,前往他方。

2. 词语对碰

　　读一读,对一对。请你为下面的词语对对子吧!

　　紫台对(　　　　)　　去对(　　　　)　　春风面对(　　　　　　)

3. 我问你答

　　"群山万壑赴荆门,生长明妃尚有村"中的"明妃"指的是?(　　　　)

　　A. 王昭君

　　B. 杨贵妃

　　C. 西施

4. 古诗连线

　　请你把下面的诗句,按照正确的前后顺序用直线连起来吧!

群山万壑赴荆门　　　　　分明怨恨曲中论

一去紫台连朔漠　　　　　环佩空归夜月魂

画图省识春风面　　　　　独留青冢向黄昏

千载琵琶作胡语　　　　　生长明妃尚有村

5. 飞花令

　　请你以"青"字为令,补全诗句。

　　① 青 _____。

　　② 青 青 园 中 葵 。

　　③ _____ 青 _____。

④ 客 舍 青 青 柳 色 新 。

⑤ ＿＿＿＿＿＿ 青 ＿＿＿＿ 。

⑥ 白 银 盘 里 一 青 螺 。

⑦ ＿＿＿＿＿＿＿＿ 青 。

6. 读诗写文

请了解你家乡的著名历史人物，了解他的感人故事，写一份"身边的历史人物"小调查吧！

＿＿＿＿＿＿＿＿＿＿＿＿＿＿＿＿＿＿＿＿＿＿＿＿＿＿

＿＿＿＿＿＿＿＿＿＿＿＿＿＿＿＿＿＿＿＿＿＿＿＿＿＿

＿＿＿＿＿＿＿＿＿＿＿＿＿＿＿＿＿＿＿＿＿＿＿＿＿＿

＿＿＿＿＿＿＿＿＿＿＿＿＿＿＿＿＿＿＿＿＿＿＿＿＿＿

＿＿＿＿＿＿＿＿＿＿＿＿＿＿＿＿＿＿＿＿＿＿＿＿＿＿

＿＿＿＿＿＿＿＿＿＿＿＿＿＿＿＿＿＿＿＿＿＿＿＿＿＿

＿＿＿＿＿＿＿＿＿＿＿＿＿＿＿＿＿＿＿＿＿＿＿＿＿＿

＿＿＿＿＿＿＿＿＿＿＿＿＿＿＿＿＿＿＿＿＿＿＿＿＿＿

＿＿＿＿＿＿＿＿＿＿＿＿＿＿＿＿＿＿＿＿＿＿＿＿＿＿

＿＿＿＿＿＿＿＿＿＿＿＿＿＿＿＿＿＿＿＿＿＿＿＿＿＿

＿＿＿＿＿＿＿＿＿＿＿＿＿＿＿＿＿＿＿＿＿＿＿＿＿＿

＿＿＿＿＿＿＿＿＿＿＿＿＿＿＿＿＿＿＿＿＿＿＿＿＿＿

＿＿＿＿＿＿＿＿＿＿＿＿＿＿＿＿＿＿＿＿＿＿＿＿＿＿

＿＿＿＿＿＿＿＿＿＿＿＿＿＿＿＿＿＿＿＿＿＿＿＿＿＿

第十七讲　悲秋怀旧

秋兴八首(其一)

玉露凋伤枫树林，巫山巫峡气萧森。

江间波浪兼天涌，塞上风云接地阴。

丛菊两开他日泪，孤舟一系故园心。

寒衣处处催刀尺，白帝城高急暮砧。

▶ 注释

玉露：白露。

凋伤：使草木凋落衰败。

萧森：萧瑟阴森。

塞上：指夔州。

丛菊两开：杜甫前一年秋天在云安，今年秋天在夔州，从离开成都算起，已历两秋，故云"两
开"。"开"字双关，一谓菊花开，又言泪眼开。

他日：往日，指多年来的艰难岁月。

故园：此处当指长安。

催刀尺：指赶裁冬衣。

白帝城：即今奉节城，在瞿塘峡上口北岸的山上，与夔门隔岸相对。

急暮砧：黄昏时急促的捣衣声。

砧：捣衣石。

诵读点拨

　　《秋兴八首》是杜甫在四川夔州(今重庆奉节县)秋天所作，是他怀念长安的
作品。"秋兴"就是秋天的感兴，秋天的食物引起内心的感发。夔州的秋景让杜
甫怀念长安，感慨国家的兴衰和自己的经历。在《秋兴八首》里，一共有八首诗，
这八首诗是不能调换顺序的，八首诗是一个整体。本节选自其中的第一首，也是
总领整组诗的序曲。

　　"玉露凋伤枫树林，巫山巫峡气萧森。""玉露"就是像白玉一样的露水，非常

晶莹,非常洁白。"枫树林",秋天的枫叶非常漂亮,红色的枫叶在杜牧的笔下是"霜叶红于二月花"。露的白和枫叶的红形成了鲜明的对比。而"凋伤"似乎是玉露把枫树林摧伤,使枫叶凋落,带给人一种生命的感伤。"巫山巫峡"是杜甫所处的地方,夔州就在巫山和巫峡之间。"巫山"和"巫峡"看起来是两个简单的地名,但是其中包含了山和水,包含了从高处到地处的广阔空间。"萧森"就是一片萧索凄凉的景象。在"玉露凋伤枫树林"的时节,仰望巫山,俯视江水,全都是一片凄凉,一片萧索。这是从整体上写杜甫所见之景,景色极为萧条,为全诗奠定了凄凉的基调。

"江间波浪兼天涌,塞上风云接地阴。""巫山巫峡"是怎样"气萧森"的呢?这两句做出了具体的描绘。长江的波涛汹涌澎湃,从地上涌到天边;山上的强风猛烈、阴云浓重,从天上压到地上。这是巫山巫峡的景色,这里很少有晴天,经常都是阴天,可以说,这是杜甫的写实手法。这两句的好处还在于精妙的对仗:"江间"对"塞上","波浪"对"风云","兼天涌"对"接地阴",这是杜甫诗的对仗之妙。此外,这两句诗雄浑豪壮,一方面写的是现实中的壮丽景象,另一方面也带有着象征的意义。象征什么呢?是从上到下的动荡与昏暗。"波浪""风云"都是动荡不安的事物,这些都象征着杜甫所处时代的战乱与昏暗。这是杜甫诗之所以深刻的原因。

"丛菊两开他日泪,孤舟一系故园心。"前面四句写的是杜甫所见的夔州秋景。"丛菊"是秋天田野里一丛一丛盛开的菊花。"两开"是开了两次,一年开一次,两开,就是已经又过去了一年,表示时间的流逝。杜甫在写《秋兴八首》的前一年的春天,坐船回到北方,开始了江上的漂泊。前一年的秋天,他在旅途中已经看过一次菊花的开放。现在又是一年秋天,菊花又开了。所以叫"两开"。时间过了一年,而杜甫却还在漂泊。"他日泪"是说去年看到菊花时流下了眼泪,今年看到菊花开,又流下了思乡的眼泪。这一句诗带给人丰富的想象,我们可以想象杜甫看到了满山的菊花就像是泪点一样,由菊花而产生泪点的联想。这是古诗的多重可能性。"孤舟一系故园心",杜甫乘船漂泊,所以有"孤舟"。"孤舟"停在岸边,船上的杜甫有着很强的思乡之心。所以,他说"孤舟一系故园心"。到这里,杜甫的思乡之情已经直接流露出来了。

"寒衣处处催刀尺,白帝城高急暮砧。"因为"孤舟"停在岸边,所以杜甫得以细细观察秋天的景象。诗的最后,以杜甫所听到的捣衣声结束。"寒衣"就是棉衣。"催刀尺"就是催促人们拿起剪刀和量尺。这是要干什么呢?是要做棉衣了。"白帝城高急暮砧",白帝城在夔州最高的山上。杜甫说,他听到了从白帝城上传来的捣衣声。"砧"是捣衣石,古人把织好的布帛,铺在平滑的砧板上,用木棒敲平,以求柔软熨帖,好裁制衣服,称为"捣衣"。"捣衣"大多在秋天的夜晚进行。所以,在古典诗词中,凄冷的砧杵声又称为"寒砧""暮砧",往往表现征人离妇、远别故乡的惆怅情绪。清杨伦《杜诗镜铨》说此句"言外寓客子无衣之感",也极为贴切。

　　清浦起龙《读杜心解》指出这首诗是"八诗之纲领也",诗句表面上是写秋天的景象,实际上包含着杜甫的感受,表面上写的是夔州的景象,实际上包含着长安的动荡。整首诗气象宏阔,境界高远,为后面的七首留下了广阔的空间。

趣读杜甫诗

1. 汉字密码

　　你来猜一猜,这是《秋兴八首(其一)》中的哪个字?

　　这是诗中的"兼"字。你看这个字,像不像一只手同时抓握两株稻禾?所以,"兼"字有"合并,连接""同时,一齐"的意思。有趣的是,手握一株是"秉"字,手握两株是"兼"字。

2. 词语对碰

　　读一读,对一对。请你为下面的词语对对子吧!

江间对(　　　　)　　　波浪对(　　　　)　　　他日泪对(　　　　　)

3. 我问你答

　　"江间波浪兼天涌,塞外风云接地阴"中哪一个字是错误的?(　　　)

　　A. 浪——涛

　　B. 兼——连

　　C. 外——上

4. 古诗连线

请你把下面的诗句,按照正确的前后顺序用直线连起来吧!

玉露凋伤枫树林	塞上风云接地阴
江间波浪兼天涌	巫山巫峡气萧森
丛菊两开他日泪	白帝城高急暮砧
寒衣处处催刀尺	孤舟一系故园心

5. 飞花令

请你以"波"字为令,补全诗句。

① 波 _____ 。

② 烟 波 江 上 使 人 愁 。

③ _____ 波 _____ 。

④ 出 没 风 波 里 。

⑤ _____ 波 ____ 。

⑥ 下 有 渌 水 之 波 澜 。

⑦ _____ 波 。

6. 读诗写文

请你搜集有关枫树的资料,和小伙伴一起做一张"枫树诗词"主题小报吧!

秋兴八首(其八)

昆吾御宿自逶迤，紫阁峰阴入渼陂。

香稻啄馀鹦鹉粒，碧梧栖老凤凰枝。

佳人拾翠春相问，仙侣同舟晚更移。

彩笔昔曾干气象，白头今望苦低垂。

▶ **注释**

昆吾：地名，在汉武帝上林苑中，在今陕西蓝田县西。

御宿：即御宿川，又称樊川，在今陕西西安市长安区杜曲至韦曲一带。

逶迤：道路曲折的样子。

紫阁峰：终南山峰名，在今陕西户县东南。

阴：山之北，水之南，称阴。

渼(měi)陂(bēi)：水名，在今陕西户县西，唐时风景名胜之地。陂，池塘湖泊。

拾翠：拾取翠鸟的羽毛。

相问：赠送礼物，以示情意。

彩笔：五彩之笔，喻指华美艳丽的文笔。《南史·江淹传》："又尝宿于冶亭，梦一丈夫自称郭璞，谓淹曰：'吾有笔在卿处多年，可以见还。'淹乃探怀中，得五色笔一，以授之。尔后为诗绝无美句，时人谓之才尽。"

干气象：上冲云霄。

望：望京华。

诵读点拨

　　这是《秋兴八首》中的第八首，表现了杜甫当年在昆吾、御宿、渼陂春日郊游的诗意豪情。

　　"昆吾御宿自逶迤，紫阁峰阴入渼陂。"前两句出现了一连串的地名，都是在长安。"昆吾"和"御宿"是在汉武帝上林苑中。"昆吾"是一个亭子，叫昆吾亭。"御宿"是御宿川。这里都是指唐代的亭台楼阁、离宫别馆。"紫阁峰"是终南山

的一处山峰。"渼陂"是一个池塘,也是这首诗重点回忆的地方。杜甫对长安深深的怀念在《秋兴八首》的其他诗中也都有所流露。他怀念蓬莱宫,怀念曲江池,怀念昆明湖,这些不仅都是他曾经游览的地方,还是代表着唐代繁华的地方。在这首诗中,他一下子道出了四个地名,怀念之情喷薄而出。而在四个地方之中,最为重要的就是"渼陂"。在安史之乱以前,杜甫曾经和岑参兄弟同游渼陂,写下了《渼陂行》等诗歌。所以,对渼陂的印象极为深刻。"逶迤"是曲折不断的样子。"自"有一种自由自在的含义。他说,从昆吾到御宿,道路曲曲折折,但是他能够自由地欣赏风景。就这样一路走着,从紫阁峰的北面,就能来到渼陂了。杜甫并没有直接把渼陂呈现出来,而是通过回忆去往渼陂的沿途风景,一步步将渼陂"引"出来。

"香稻啄馀鹦鹉粒,碧梧栖老凤凰枝。"这两句是历来被学者们称道的诗句。从表面上看,这两句诗的文法并不通。"香稻"没有嘴,怎么能"啄"呢?"碧梧"不是鸟,怎么能"栖"呢?"鹦鹉粒"和"凤凰枝"又是什么呢?其实,并非这样理解。此时的杜甫在诗歌艺术上的造诣已经摆脱了形式上的限制,打破了常规,产生了无数想象的空间。杜甫所怀念的渼陂是一个大池塘,这里盛产"香稻",为了表现当时"香稻"的富足,杜甫说"香稻啄馀鹦鹉粒",说那时候他来渼陂,看到香稻丰收,一片喜人的景象。把人吃不完的香稻去喂鹦鹉,连鹦鹉都吃不完。从长安到渼陂,沿途都种了梧桐树。为了表现这里梧桐的美好,杜甫说"碧梧栖老凤凰枝",这里的梧桐可以吸引凤凰,凤凰来了之后,就不想走了,在梧桐枝上一直到老。而"凤凰"所代表的恰恰是杜甫所怀念的繁华的长安和美好的生活。

"佳人拾翠春相问,仙侣同舟晚更移。"杜甫对长安的怀念也跨越了时间,这两句所写的就是对长安春日的怀念。他怀念什么呢?"佳人拾翠春相问",春天的时候,渼陂塘边有很多游春的女子,她们赏花、斗草、拾翠。大家相互问候,相互馈赠。不仅如此,人们还可以泛舟池上。"仙侣同舟晚更移",这里用了一个典故。相传汉朝有两位很有名的学者,一个叫李膺,一个叫郭太。有一次,他们一起乘船过河。岸上的人远远地看见了,就以为他们是神仙呢!所以,杜甫也把乘舟池上的游人称为神仙伴侣。而对于杜甫自己来说,他也曾经和好朋友泛舟池上,当时的日子也是神仙般的日子。游人到天晚了也不想回家,还移舟到别处欣赏风景。杜甫沉浸在往日的欢乐里,春日的渼陂是那么吸引人。

"彩笔昔曾干气象,白头今望苦低垂。"而最终,杜甫无法回到往日的渼陂,无法回到往日的美好中了。"彩笔昔曾干气象",杜甫曾经向皇帝献过"三大礼赋",唐玄宗在蓬莱宫召见了他。那时候的杜甫对自己的才华非常自信,他说自己"赋料扬雄敌,诗看子建亲"。这就是"彩笔"啊!这样的才华曾经可以"干气象"。什么叫"干气象"呢? 一方面是写出山水的气象,另一方面是触动了天子的气象,得到天子的召见。而最终,却是"白头今望苦低垂"。自己曾经描绘的渼陂那么美好,现在自己却头发花白,再望长安时,连头也抬不起来了。这时的杜甫已经衰老了,他不知道自己什么时候能够再回到长安,只有在回忆中去感受长安曾经的繁华了。

渼陂,在杜甫的回忆中是一个富丽优雅的仙境。长安,成了杜甫一生无法回归的梦。

趣读杜甫诗

1. 汉字密码

你来猜一猜,这是《秋兴八首(其八)》中的哪个字?

这是诗中的"佳"字。在甲骨文字形中,左边的部分表示人,右边的部分是"圭",表示美玉。"佳"字用来比喻女子纯洁美丽,温润如玉。

2. 词语对碰

读一读,对一对。请你为下面的词语对对子吧!

香稻对(　　　　)　　　鹦鹉对(　　　　)　　　佳人对(　　　　)

3. 我问你答

下列诗句中书写正确的一项是(　　　　)。

A. 香稻啄馀鹦鹉粒,碧梧栖老凤凰枝

B. 鹦鹉啄馀香稻粒,碧梧栖老凤凰枝

C. 香稻啄馀鹦鹉粒,凤凰栖老碧梧枝

4. 古诗连线

请你把下面的诗句,按照正确的前后顺序用直线连起来吧!

昆吾御宿自逶迤　　　　碧梧栖老凤凰枝

香稻啄馀鹦鹉粒　　　　紫阁峰阴入渼陂

佳人拾翠春相问　　　　仙侣同舟晚更移

彩笔昔曾干气象　　　　白头今望苦低垂

5. 飞花令

请你以"翠"字为令,补全诗句。

① 翠 ＿＿＿＿＿＿＿＿＿＿＿＿ 。

② 晴 翠 接 荒 城 。

③ ＿＿＿ 翠 ＿＿＿＿＿＿＿ 。

④ 佳 人 拾 翠 春 相 问 。

⑤ ＿＿＿＿＿＿＿ 翠 ＿＿＿ 。

⑥ 春 日 凝 妆 上 翠 楼 。

⑦ ＿＿＿＿＿＿＿＿＿＿＿ 翠 。

6. 诗情画意

请你搜集一些梧桐树叶,和小伙伴一起,用梧桐树叶作一些手工叶画吧!

第十八讲　百年多病

阁夜

岁暮阴阳催短景，天涯霜雪霁寒宵。

五更鼓角声悲壮，三峡星河影动摇。

野哭千家闻战伐，夷歌数处起渔樵。

卧龙跃马终黄土，人事音书漫寂寥。

▶ **注释**

阴阳:指日月。

短景:指冬季日短。

霁(jì):雨雪停止,云雾散,天放晴。

三峡:指瞿塘峡、巫峡、西陵峡。瞿塘峡在夔州东。

野哭:战乱的消息传来,千家万户的哭声响彻四野。

战伐:崔旰(gàn)之乱。

夷歌:指四川境内少数民族的歌谣。夷,指当地少数民族。

诵读 点拨

　　《阁夜》创作于大历元年(766)的冬天,杜甫正寓居在夔州西阁。当时西川崔旰、郭英义、杨子琳等军阀混战,连年不息。吐蕃也不断侵袭蜀地。而杜甫的好友李白、严武、高适等先后离世。杜甫当时的作品大多写萧条的景象。《阁夜》是那一时期最负盛名的一首诗,所反映的心情也异常沉重。

　　"岁暮阴阳催短景,天涯霜雪霁寒宵。"这首诗的前两句从时间写起。"岁暮"是冬季。"阴阳"指日月。"短景"指冬天白天很短。"天涯"就是天边,这里指夔州。"霁"是天放晴了。这两句的意思是,到了一年的冬天,白天越来越短了。夔州的雪在夜晚时停了。"催"字写出了冬天夜长昼短的特点,也传达出时光飞逝,岁月匆匆的含义。把夔州称为"天涯",有沦落之意。杜甫就是在这样的夜晚,无法成眠,思绪万千。

　　"五更鼓角声悲壮,三峡星河影动摇。"这两句承接上两句,写的是寒宵中的所见所闻。"五更"指的是凌晨,可见杜甫一夜没有睡着。"鼓角"是古代军营中用来报时和发号施令的鼓声、号角声。"三峡"就是瞿塘峡、巫峡、西陵峡。杜甫所处的夔州在瞿塘峡西口,是三峡的起点。这两句的意思是,到了凌晨时分,军营中的鼓角声此起彼伏,格外响亮。那声音在空中回荡,显得格外悲壮凄凉。仿佛因为这鼓角声,天上的星星和银河在三峡中的倒影都摇曳不定。"鼓角声"明写战乱纷纷,"影动摇"象征动荡不安。杜甫在夜中的所见所闻,正是一幅动荡不安的战乱景象。

　　"野哭千家闻战伐,夷歌数处起渔樵。"紧接着,杜甫从声音的角度继续将战乱的影响放在更为广阔的图景中。"野哭"就是乡野百姓的哭声。"战伐"指蜀地军阀混战的局面。"夷歌"指四川境内少数民族的歌谣。"数处"指很多地方。"起渔樵"是起于渔夫樵子之口。这两句是说,听到征战的消息,就立即引起千家的恸哭,百姓的哭声传遍四野。这是多么凄惨的景象!渔夫樵子不时在深夜传来悲惨的"夷歌"之声。这两句诗,把夔州百姓所受战乱的影响真实地表现出来。无论是"野哭"还是"夷歌",都令杜甫倍感悲伤,表现了他忧国忧民的情怀。

　　"卧龙跃马终黄土,人事音书漫寂寥。"越是战乱的时刻,人们越期盼英雄的出现。杜甫极目武侯、白帝两庙,想到了两位历史上的风云人物。一个是"卧龙",指的是诸葛亮。诸葛亮在躬耕南阳时,道号就是卧龙。另一个是"跃马",指的是公孙述。公孙述在西汉末期王莽篡汉时,据蜀称帝。"终黄土"就是最终都死去,同归黄土。无论是诸葛亮,还是公孙述,无论是贤是愚,也都烟消云散了,都成了黄土中的枯骨。杜甫悟出了战争无论多久都会结束,生命不管如何也都能延续的道理,暂时的人事不顺,暂时的音书断绝,又算什么呢?只能随他去吧,任其寂寞吧。这里含蓄地表达了杜甫忧国忧民的情感,流露出杜甫极为忧愤感伤的情绪。

　　杜甫在荒僻的山城之中,面对三峡壮丽的夜景,听到悲壮的鼓角声,感慨万千,由眼前的情景想到国家的战乱,由历史人物想到自己的境遇,并力图在内心超越这些人生的感慨。诗中虽然有悲凉哀伤之情,却也有壮情和超然之意。

趣读杜甫诗

1. 汉字密码

你来猜一猜,这是《阁夜》中的哪个字?

这是诗中的"闻"字。你看这个字,像不像一个人举手掩住一只耳朵,露出另一只耳朵,在集中注意力倾听?"闻"的本义是"听见",后来用鼻子嗅物也叫"闻"。

2. 词语对碰

读一读,对一对。请你想一想,为下面的词语对对子吧!

五更对( )   千家对( )   闻战伐对( )

3. 我问你答

"卧龙跃马终黄土,人事音书漫寂寥"中没有提到的历史人物是?( )

A. 诸葛亮

B. 公孙述

C. 关云长

4. 古诗连线

请你把下面的诗句,按照正确的前后顺序用直线连起来吧!

岁暮阴阳催短景   人事音书漫寂寥

五更鼓角声悲壮   夷歌数处起渔樵

野哭千家闻战伐   三峡星河影动摇

卧龙跃马终黄土   天涯霜雪霁寒宵

5. 飞花令

请你以"河"字为令,补全诗句。

① 河 _____。

② 黄 河 之 水 天 上 来 。

③ _____ 河 _____ 。

④ 三 万 里 河 东 入 海 。

⑤ _____ 河 _____ 。

⑥ 牵 牛 织 女 渡 河 桥 。

⑦ _____ 河 。

6. 诗情画意

请你根据诗中"三峡星河影动摇"的意境作一幅画吧。

登高

风急天高猿啸哀，渚清沙白鸟飞回。

无边落木萧萧下，不尽长江滚滚来。

万里悲秋常作客，百年多病独登台。

艰难苦恨繁霜鬓，潦倒新停浊酒杯。

▶ 注释

登高:农历九月九日为重阳节,历来有登高的习俗。

猿啸哀:指长江三峡中猿猴凄厉的叫声。《水经注·江水》引民谣云:"巴东三峡巫峡长,猿鸣三声泪沾裳。"

渚(zhǔ):水中的小洲,水中的小块陆地。

落木:指秋天飘落的树叶。

萧萧:风吹落叶的声音。

苦恨:极恨,极其遗憾。

繁霜鬓:增多了白发,如鬓边着霜雪。

潦倒:衰颓,失意。这里指衰老多病,志不得伸。

新停:新近停止。重阳登高,应喝酒。杜甫晚年因肺病戒酒,所以说"新停"。

诵读点拨

　　《登高》创作于唐代宗大历二年(767)的秋天,杜甫当时 56 岁,身在夔州,极端困窘。虽然安史之乱已经结束 4 年了,但是地方军阀又相互争夺地盘,引起战乱。杜甫离开成都,因为病魔缠身,在云安待了几个月后,到达了夔州。在当地都督的照顾下,在夔州住了三个年头。而就在这三年里,他的生活依然很困苦,身体也非常不好。有一天,他独自登上夔州白帝城外的高台,登高远眺,百感交集。他看到萧瑟的秋江,引发身世的感叹,于是就创作了这首被誉为"七律之冠"的《登高》。

　　前四句写景,述登高见闻,紧扣秋天的季节特色,描绘了江边空旷寂寥的景

致。首联为局部近景，颔联为整体远景。后四句抒情，写登高所感，围绕作者自己的身世遭遇，抒发了穷困潦倒、年老多病、流寓他乡的悲哀之情。颈联自伤身世，将前四句写景所蕴含的比兴、象征、暗示之意揭出。尾联再作申述，以哀愁病苦的自我形象收束。此诗语言精练，通篇对偶，一二句尚有句中对，充分显示了杜甫晚年对诗歌语言声律的把握运用已达圆通之境。

"风急天高猿啸哀，渚清沙白鸟飞回。"诗的开篇两句是写景，而且每句诗各包含三处景：风急、天高、猿啸哀，渚清、沙白、鸟飞回，景色紧密，渲染出秋天到来的紧迫感。更为精妙的是，这两句对仗非常自然，"风急"对"渚清"，"天高"对"沙白"，"猿啸哀"对"鸟飞回"。就连每句之中，也有对仗的现象，"天"对"风"，"高"对"急"，"沙"对"渚"，"白"对"清"。精妙的对仗使这首诗读来带有极强的节奏感，让人感受到万物面对秋天的到来似乎都有一种惶恐，达到了奇妙难名的境界。

"无边落木萧萧下，不尽长江滚滚来。"这两句将景色聚焦于"落木"和"长江"，与前两句相比，景色更为壮阔。"落木"就是落叶，杜甫登高所见的，是无边无际的落叶，它们萧萧而下。一叶落而知秋，无边的落叶，可见秋天来得多么迅猛，多么肃杀！不息的长江水滚滚而来，这是极为壮阔的画面。而长江水的流逝也代表着时间的流逝，生命的匆匆。在这壮阔的景象里，杜甫深沉地抒发了自己壮志难酬的感慨。

"万里悲秋常作客，百年多病独登台。"到了这两句，杜甫开始写到了自己，用概括的语句将自己的一生经历写了出来。"万里"是他漂泊之远。"悲秋"是登高的主题，到这里点出了"秋"字，由于目睹萧瑟的秋景，联想到自己一生坎坷，心中无限悲痛。"常作客"写出了杜甫漂泊无定的坎坷经历，他一直流落在外，客居他乡。"百年"指的是人生的暮年。"多病"是杜甫身体健康状况极差，病痛缠身的情况。"独登台"点明杜甫是一个人在高处远眺，"独"不仅说明了是杜甫一个人，还表明了他心中的孤独。杜甫的漂泊之苦和孤独之感，就像他所见到的落叶和滚滚的江水一样，纷乱不止，流淌不尽。

"艰难苦恨繁霜鬓，潦倒新停浊酒杯。"这两句是杜甫对当时处境的感叹。他尝尽了人生的艰难潦倒，家国之愁让他的头发变得花白。"繁"在这里是增多的意思。"繁霜鬓"就是增多了像霜一样的鬓发。"潦倒"是衰颓，是失意。诗中指衰老多病，志不得伸。在如此失意的时候，连一杯消愁的酒也不能喝。这时候的杜甫由于得了肺病而戒了酒,所以他说"新停浊酒杯",心中的愁绪更加难以排遣。

这首诗前半写景,后半抒情,在写法上各有错综之妙。而且八句诗都对仗工整。难怪明代的胡应麟在《诗薮》中说:"然此诗自当为古今七律第一,不必为唐人七言律第一也。"

趣读杜甫诗

1. 汉字密码

你来猜一猜,这是《登高》中的哪个字?

这是诗中的"哀"字。"哀"字外面的部分表示穿着孝服,里面的部分表示张口大哭。"哀"字的本义是披麻戴孝哭丧,后来有"悲痛的,悲伤的""痛苦地,悲伤地"的含义。

2. 词语对碰

读一读,对一对。请你为下面的词语对对子吧!

风急对(　　　　)　　　悲秋对(　　　　)　　　萧萧下对(　　　　　)

3. 我问你答

"艰难苦恨烦霜鬓,潦倒新停浊酒杯"中哪一个字是错误的?(　　　)

A. 艰——坚

B. 烦——繁

C. 潦——缭

4. 古诗连线

请你把下面的诗句,按照正确的前后顺序用直线连起来吧!

风急天高猿啸哀	百年多病独登台
无边落木萧萧下	渚清沙白鸟飞回
万里悲秋常作客	不尽长江滚滚来
艰难苦恨繁霜鬓	潦倒新停浊酒杯

5. 飞花令

请你以"杯"字为令,补全诗句。

① 杯 _____。

② 举 杯 消 愁 愁 更 愁。

③ _____ 杯 _____。

④ 吴 酒 一 杯 春 竹 叶。

⑤ _____ 杯 _____。

⑥ 桃 李 春 风 一 杯 酒。

⑦ _____ 杯 。

6. 诗情画意

请你根据诗中"渚清沙白鸟飞回"的意境作一幅画吧。

第十九讲　晚年漂泊

登岳阳楼

昔闻洞庭水，今上岳阳楼。

吴楚东南坼，乾坤日夜浮。

亲朋无一字，老病有孤舟。

戎马关山北，凭轩涕泗流。

▶ **注释**

洞庭水：即洞庭湖，在今湖南北部，长江南岸，是中国第二淡水湖。

岳阳楼：即岳阳城西门楼，在湖南岳阳市，下临洞庭湖，为游览胜地。

坼(chè)：分裂，裂开。

无一字：音讯全无。字，这里指书信。

关山北：北方边境。

凭轩：靠着窗户。

涕泗流：眼泪禁不住地流淌。

诵读点拨

大历二年(767)，杜甫57岁，距生命的终结仅有两年，当时他的处境十分艰难，凄苦不堪。杜甫已经年老体衰，患上了肺病及风痹症，左臂偏枯，右耳已聋，靠饮药维持生命。大历三年(768)，杜甫沿着长江由江陵、公安一路漂泊，来到岳州(今属湖南)。登上神往已久的岳阳楼，凭轩远眺，面对烟波浩渺、壮阔无垠的洞庭湖，发出了由衷的礼赞；继而想到自己晚年漂泊无定，国家多灾多难，又不免感慨万千，于是写下《登岳阳楼》一诗。

"昔闻洞庭水，今上岳阳楼。""昔"就是从前的意思。诗的开篇就说，从前就听说过洞庭湖，一直对洞庭湖水充满着向往。现在终于登上了岳阳楼，来欣赏洞庭湖的美景。"昔"和"今"的对比，表现了时间之长，给人留下丰富的想象空间。而从"昔"到"今"之间，发生了很多变化，国家命运在变，人事情境在变，杜甫个人

的遭遇都在这一刻凝聚在了一起,所以,这"今上岳阳楼"包含了杜甫无限的感怀。

"吴楚东南坼,乾坤日夜浮。"这两句写的是杜甫站在岳阳楼上,向东南方向远望,所见到的洞庭湖水的壮丽景象。"吴楚"是用古时候的地名来指代当时的地域。吴地是现在的江苏、浙江及安徽、江西的部分地区,楚地是现在的湖北、湖南及安徽、江西的部分地区。"坼"是分裂的意思。杜甫向东南远望洞庭湖,似乎是洞庭湖水把本来连在一起的吴地和楚地一下子分裂开一样。"坼"字表现出洞庭湖水具有极大的力量,将吴地和楚地割开。"乾坤日夜浮"写的是杜甫站在岳阳楼远望湖水,仿佛天地间的万物日日夜夜在湖水上浮动着,写出了洞庭湖水的无边无际。"浮"字也极具动态感,写出了湖水的宽阔。这两句诗境界广阔、气魄宏大。而像"坼"和"浮"也暗含着大唐王朝分裂衰败和国势动荡不安的局面。

"亲朋无一字,老病有孤舟。"这两句开始写杜甫自己。"无一字"指的是没有一点书信的往来,没有消息。杜甫联想到自己,因为战乱,因为隔绝,亲朋好友没有一点消息,杜甫的内心是孤独的。而且,不仅亲朋好友没有消息,朝廷也没有什么消息,杜甫愈加感到了孤独。在这样的情况下,只有一条孤独的小船载着杜甫在湖上漂泊。杜甫年老多病,生活潦倒,心中惆怅。将如此渺小的孤舟置于如此广大的洞庭之中,愈显得洞庭之大,孤舟之小了。

"戎马关山北,凭轩涕泗流。"最后两句,杜甫联想到了北方的战乱,不由得流下了眼泪。"戎马"就是战马、兵马,这里指的是战争。"关山北"指的是打仗的地方。"戎马关山北"指的是当时吐蕃入侵,威胁长安,战争不息,国家不得安宁。这是杜甫最为关心的事情,也是他站在岳阳楼上无法望见的事情。所以,他只能"凭轩涕泗流"。杜甫倚靠着岳阳楼的窗户,向北眺望,他看不到长安,也看不到战火,但在他心中却浮现出吐蕃入侵,长安危急,人民遭难的情景,于是,他就禁不住老泪纵横了。杜甫是身在洞庭,心在长安。他的小小孤舟装着整个天下。在对国家时局、自己孤苦处境两相比照后,杜甫感到无可奈何,万分压抑,这也是杜甫晚年时精神痛苦之所在。

这首诗是一首即景抒情之作,不仅描绘了洞庭湖水的壮观景象,也道出了杜甫晚年生活的窘迫,抒发了杜甫忧国忧民的情怀。

趣读杜甫诗

1. 汉字密码

你来猜一猜,这是《登岳阳楼》中的哪个字?

这是诗中的"北"字。你看这个字,像不像一个朝左的人和一个朝右的人,两个人朝相反方向站立? 所以,"北"有两人相逆反、相违背的含义。值得注意的是,由于古代天子上朝时面朝南方,因此称背所朝的方向为"北"。

2. 词语对碰

读一读,对一对。请你想一想,为下面的词语对对子吧!

亲朋对(　　　　)　　关山对(　　　　)　　洞庭水对(　　　　)

3. 我问你答

"老病有孤舟"的上一句是?(　　　)

A. 亲朋无一字

B. 昔闻洞庭水

C. 飘飘何所似

4. 古诗连线

请你把下面的诗句,按照正确的前后顺序用直线连起来吧!

昔闻洞庭水　　　　老病有孤舟

吴楚东南坼　　　　今上岳阳楼

亲朋无一字　　　　凭轩涕泗流

戎马关山北　　　　乾坤日夜浮

5. 飞花令

请你以"南"字为令,补全诗句。

① 南 _____。

② 江 南 可 采 莲 。

③ _____ 南 _____ 。

④ 正 是 江 南 好 风 景 。

⑤ _____ 南 _____ 。

⑥ 春 风 又 绿 江 南 岸 。

⑦ _____ 南 。

6. 诗情画意

请你根据诗中"老病有孤舟"的意境作一幅画吧。

江汉

江汉思归客，乾坤一腐儒。

片云天共远，永夜月同孤。

落日心犹壮，秋风病欲苏。

古来存老马，不必取长途。

▶ 注释

江汉：这首诗是杜甫在湖北江陵公安一带所写，因为这里处在长江和汉水之间，所以诗称"江汉"。

落日：比喻自己已是垂暮之年。

病欲苏：病都要好了。苏，康复。

诵读点拨

《江汉》创作于大历三年(768)，当时杜甫已是57岁了。这一年的正月，杜甫离开了夔州，辗转于湖北江陵、公安等地。此时的杜甫历经磨难，北归已经无望，而且生活日益困窘。长期漂泊无定的状况让杜甫感慨万千，于是他写下此诗。

"江汉思归客，乾坤一腐儒。"诗的开篇杜甫用自嘲的方式写出了滞留江汉的窘境。"江汉"是杜甫的漂泊之处。"思归客"是说杜甫客居他乡，想回乡却无法回去。在江汉的广阔背景下，突出了杜甫思归的孤独形象。"乾坤"指天地。"乾坤一腐儒"道出了自己在天地之间的渺小而孤独。"腐儒"本来是指迂腐而不知变通的读书人，这里是杜甫的自称，含有自嘲之意。是说自己虽是满腹经纶的饱学之士，却仍然没有摆脱贫穷的下场。同时，也有自负的意味，因为在整个"乾坤"之中，像自己一样心忧黎民之人已经不多了。汉高祖刘邦曾说"为天下不用腐儒"，经历乱世的杜甫在晚年感到了自己对天下的无用，但也没有放弃"儒者"匡扶天下的理想。"乾坤一腐儒"成了杜甫一生的总结。

"片云天共远，永夜月同孤。"如此孤独的杜甫，说自己就像天上的云彩一样，

飘向天空的远处,就像夜空的明月一样,孤独地挂在夜空中。"云"是游子的象征,"浮云游子意,落日过人情",杜甫一生漂泊,真的就像浮云一般。然而,他的心中始终如月亮一般皎洁,他在孤独与无奈的同时,始终没有放弃对国家、对人民的期望,他的心始终是光明的。杜甫在乾坤之中,获得了生命永恒的信念。

"落日心犹壮,秋风病欲苏。"紧接着,杜甫心中的壮志又燃烧起来了。"落日"在这里并不是真的落日,而是代表着暮年。他漂泊于江汉,面对飒飒秋风,没有了悲秋之感,反而觉得身体好了很多,他又激起了雄心壮志。这两句形象地写出了杜甫积极用世的态度,表现出身处逆境而壮心不已的精神。

"古来存老马,不必取长途。"最后,杜甫用老马识途的典故,表现了老当益壮的情怀。《韩非子·说林上》有"老马识途"的故事,说的是齐桓公讨伐孤竹后,返回时迷路了,他接受管仲"老马之智可用"的建议,放老马而随之,果然找到了正确的路。杜甫自比诗中的"老马"。杜甫说,古人养老马,不是靠它长途跋涉,而是取老马的智慧。表明了自己虽然年老多病,但还有智慧可以用,仍能有所作为。可以说,杜甫是怀着一颗壮心,走在生命最后的漂泊之途的。

这首诗充分表现了杜甫老而弥坚、壮心不已的精神状态,在广阔的背景下,突出了其独立于天地之间的形象。杜甫并没有因为身处困境和年老多病而悲观消沉,反而表现了"烈士暮年,壮心不已"的精神。

趣读杜甫诗

1. 汉字密码

你来猜一猜,这是《江汉》中的哪个字?

这是诗中的"途"字。"途"字本义是供人行走的路。后又有"生涯,经历""职位"等义。

2. 词语对碰

读一读,对一对。请你为下面的词语对对子吧!

片云对（　　　　）　　　落日对（　　　　）　　　心犹壮对（　　　　）

3. 我问你答

下面书写正确的一项是？（　　　）

A. 片云天还远，永夜月同孤

B. 落日心犹壮，秋风病欲苏

C. 古来有老马，不必取长途

4. 古诗连线

请你把下面的诗句，按照正确的前后顺序用直线连起来吧！

江汉思归客　　　　秋风病欲苏

片云天共远　　　　乾坤一腐儒

落日心犹壮　　　　永夜月同孤

古来存老马　　　　不必取长途

5. 飞花令

请你以"远"字为令，补全诗句。

① 远 ＿＿＿＿＿＿＿＿＿＿。

② 渡 远 荆 门 外 。

③ ＿＿＿ 远 ＿＿＿＿＿。

④ 盘 餐 市 远 无 兼 味 。

⑤ ＿＿＿＿＿ 远 ＿＿＿。

⑥ 落 木 千 山 天 远 大 。

⑦ ＿＿＿＿＿＿＿ 远 。

6. 读诗写文

请搜集中国历史上著名的马的资料，了解其中的故事，写一份"中国名马"小调查吧！

第二十讲　荆湖流落

客从

客从南溟来，遗我泉客珠。
珠中有隐字，欲辨不成书。
缄之箧笥久，以俟公家须。
开视化为血，哀今征敛无！

 **注释**

南溟：南海。

遗（wèi）：赠送。

泉客：即鲛人。也叫泉仙或渊客。传说南海有鲛人，在水里居住，能织绡，流出的眼泪能变成珠子。

缄：封藏。

箧笥（qiè sì）：指储藏物品的小竹箱。

俟：等待。

公家：官家。

须：需要，即下所谓"征敛"。

诵读点拨

《客从》大约创作于唐代宗大历四年（769），在长沙所作。大历三年（768），杜甫漂泊到了湖南，亲眼看见统治阶级对劳动人民的残酷剥削，看到老百姓生活的艰辛和遭受的痛苦。这首诗是杜甫在湖南的第二年所作。这是一首寓言式的政治讽刺诗，诗中巧妙地、准确地运用了传说，用"泉客"象征广大被剥削的劳动人民，用泉客的"珠"象征由人民血汗创造出来的劳动果实。全诗控诉了残酷的剥削制度，表达了对劳动人民的深切同情。

诗题"客从"是效仿汉乐府中取首句当中的前两个字或三个字为题的做法。在这首诗中，诗题是从"客从南溟来，遗我泉客珠"中的前两个字取的，这种方式让这首诗更像汉乐府了。

"客从南溟来,遗我泉客珠。"诗的开篇效仿汉乐府中"客从远方来,遗我双鲤鱼""客从远方来,遗我一端绮"的格式,诗中的"客"和"我"都是虚构的,在虚构的故事中展开叙述。诗中说,有位客人从南海而来,他送给我一颗泉客珠。什么是泉客珠呢?"泉客"是传说中的鲛人,相传它们流出的眼泪能变为珍珠。中国历史上有很多有名的珍珠,比如明月珠、夜光珠等,杜甫为什么偏偏说客人送的是泉客珠呢?这是因为"泉客珠"具有一定的象征意义,"泉客"象征着古代的劳动人民,"泉客珠"象征着劳动人民用血汗创造出来的劳动果实。"泉客珠"是眼泪所变,是劳动人民的心血所成,具有特殊的意义。

"珠中有隐字,欲辨不成书。"这颗"泉客珠"是什么样的呢?"有隐字"是说里面隐隐约约有字。"泉客珠"里隐约有字,想辨认却又辨认不出里面是什么字。杜甫借助了传说中摩尼珠里面有金字偈的故事,发挥奇特的想象,给"泉客珠"增添了神奇的色彩。"珠中有隐字",也代表着百姓心中有难言的隐痛。这是在警告剥削者,应该看到他们所剥削的一切财物中,都含着劳动人民的血泪。

"缄之箧笥久,以俟公家须。"如此奇珍的"泉客珠",要好好珍藏起来。"缄"是封藏的意思。"箧笥"是指储藏物品的小竹箱。诗中说,把"泉客珠"久久地封藏在竹箱里,等待官家来征求的时候好交上去。这是小心地珍藏着"泉客珠",珍藏的目的并不是自己赏玩,而是"以俟公家须"。

"开视化为血,哀今征敛无!"等到日后打开箱子一看,"泉客珠"却化成了血水,可悲的是现在再也没有什么可以应付官家的征敛了。"泉客珠""化为血"表示的是官家征敛的实际上就是平民百姓的血汗,寓意极为鲜明。

在这首诗中,杜甫将传说中的故事和现实中的征敛结合在一起,表达了对劳动人民的同情,对剥削者的痛诉。

趣读杜甫诗

1. 汉字密码

你来猜一猜，这是《客从》中的哪个字？

这是诗中的"泉"字。"泉"的甲骨文字形像山崖中泉穴流出水的样子，本义为"泉水"。

2. 词语对碰

读一读，对一对。请你为下面的词语对对子吧！

南溟对（　　　）　　珠中对（　　　）　　有隐字对（　　　）

3. 我问你答

"客从南溟来，遗我（　　　）"中应该填入的是？（　　　）

A. 泉客珠

B. 夜光珠

C. 明月珠

4. 古诗连线

请你把下面的诗句，按照正确的前后顺序用直线连起来吧！

客从南溟来　　　　欲辨不成书

珠中有隐字　　　　遗我泉客珠

缄之箧笥久　　　　哀今征敛无

开视化为血　　　　以俟公家须

5. 飞花令

请你以"我"字为令，补全诗句。

① 我 ＿＿＿＿＿＿＿＿＿＿。

② 卷 我 屋 上 三 重 茅。

③ ＿＿＿＿＿ 我 ＿＿＿＿＿＿＿。

④　杖　藜　扶　我　过　桥　东　。

⑤　＿＿＿＿＿＿＿　我　＿＿＿＿。

⑥　明　月　何　时　照　我　还　。

⑦　＿＿＿＿＿＿＿＿＿＿　我　。

6. 读诗写文

请搜集中国历史上著名的珍珠的资料，了解其中的故事，写一份"中国名珠"小调查吧！

_____

_____

_____

_____

_____

_____

_____

_____

_____

_____

_____

_____

_____

_____

_____

江南逢李龟年

岐王宅里寻常见，

崔九堂前几度闻。

正是江南好风景，

落花时节又逢君。

▶ **注释**

李龟年：唐朝开元、天宝年间的著名乐师，擅长唱歌。因为受到皇帝唐玄宗的宠幸而红极一时。"安史之乱"后，李龟年流落江南，以卖艺为生。

岐王：唐玄宗李隆基的弟弟，名叫李范，以好学爱才著称，雅善音律。

寻常：经常。

崔九：崔涤，在兄弟中排行第九，中书令崔湜的弟弟。玄宗时，曾任殿中监，出入禁中，得玄宗宠幸。崔姓，是当时一家大姓，以此表明李龟年原来受赏识。

诵读点拨

《江南逢李龟年》创作于大历五年(770)，当时杜甫在长沙。安史之乱后，杜甫漂泊到江南一带，和流落的宫廷歌唱家李龟年重逢，回忆起在岐王和崔九的府第频繁相见和听歌的情景，他感慨万千，写下了这首诗。这首诗是杜甫所创作的绝句中最有情韵、最富含蕴的一篇。全诗只有二十八字，却包含着丰富的时代生活内容。

"岐王宅里寻常见，崔九堂前几度闻。"李龟年是唐玄宗初年著名的宫廷音乐家，在《明皇杂录》中记载"唐开元中，乐工李龟年、彭年、鹤年兄弟三人皆有才学盛名。彭年善舞，鹤年、龟年能歌，尤妙制《渭川》。特承顾遇，于东都大起第宅。僭侈之制，逾于公侯。宅在东都通远里，中堂制度，甲于都下。其后龟年流落江南，每遇良辰胜赏，为人歌数阕，座中闻之，莫不掩泣罢酒"。杜甫在年少时期遇到李龟年，是在贵族豪门之中。岐王在开元中以前的诸王中是最有权势的，岐王好学工书,喜爱文章之士,无论贵贱,都能以礼相待。崔九也受到唐玄宗的厚待,他出入宫中,地位极高。杜甫选取岐王和崔九,不仅回顾了往日李龟年的风光经历,也表现出对自己当年少年志气的怀念和对盛唐繁华的怀念。因为在杜甫心目中,李龟年和鼎盛的开元时代,也和他自己充满浪漫情调的青少年时期的生活,紧紧联结在一起。

"正是江南好风景,落花时节又逢君。"几十年之后,杜甫和李龟年又重逢了。这时候,唐朝已经遭受了安史之乱,从繁盛走向了衰落。这时候,杜甫辗转漂泊,生活极为凄凉。李龟年也流落到了江南,饱经世事沧桑。"落花时节"是暮春时候,花落,也代表着繁华已过,令人黯然神伤。风景秀丽的江南,在繁华盛世,是诗人们所向往的游览之地。而此时社会动乱、国运衰退,一位老音乐家与一位老诗人在漂流颠沛中重逢,在落花的点缀下,两位憔悴的老人,成了一幅时代沧桑的画图。

这首诗前两句追忆昔日与李龟年的接触,寄寓诗人对开元盛世的怀念;后两句是对国事凋零、人民颠沛流离的感慨。全诗语言极平易,而含意极深远,包含着唐代社会由繁华转向衰落给人们带来的影响,表达了杜甫对人生漂泊的感叹。

趣读杜甫诗

1. 汉字密码

你来猜一猜,这是《江南逢李龟年》中的哪个字?

这是诗中的"君"字。"君"字上面的部分表示手执权杖,下面的部分表示发布命令。"君"字的本义是握权执政,发号施令,执政治国。后来也表示对有德性的人的尊称。

2. 词语对碰

读一读,对一对。请你为下面的词语对对子吧!

岐王对(　　　　)　　宅里对(　　　　)　　好风景对(　　　　　　)

3. 我问你答

"(　　　)宅里寻常见,崔九堂前几度闻"中应该填入的是?(　　　　)

A. 棋王

B. 岐王

C. 歧王

4. 古诗连线

请你把下面的诗句,按照正确的前后顺序用直线连起来吧!

岐王宅里　　　　好风景

崔九堂前　　　　又逢君

正是江南　　　　寻常见

落花时节　　　　几度闻

5. 飞花令

请你以"是"字为令,补全诗句。

① 是 _____ 。

② 疑 是 地 上 霜 。

③ _____ 是 _____ 。

④ 两 情 若 是 久 长 时 。

⑤ _____ 是 _____ 。

⑥ 万 紫 千 红 总 是 春 。

⑦ _____ 是 。

6. 读诗写文

请你根据这首诗提供的信息,发挥想象,帮杜甫写一篇重逢日记吧!注意写清楚杜甫和李龟年之间说了什么,做了什么,想到了什么。

_____

_____

_____

_____